CHARACTER FILE

「所以，透光，你會來找我嗎？」

白宣

PROFILE

▶ 高二生
▶ 168cm

知名Youtuber。常和觀眾閒聊，親和力很高的好女孩。
熱愛美食與深度旅遊。
獨自一人時會散發出一股憂鬱、與人拉開距離的感覺。
喜歡坐在海岸邊聽音樂，任憑思緒飛向遠方。

Lost lamb

CHARACTER FILE
「我只想看到，真正的妳。」
柳透光
PROFILE
▶高二生
▶175cm
作風低調，對自己的事有點漠不關心，但常常幫助他人。表裡如一的白宣，對他而言，有著強大的吸引力。
Lost lamb

CHARACTER FILE
「一開始不找我，現在才來，
是發現一個人不好過了吧。」
王松竹
PROFILE
▶高三生
▶177cm
個性懶散，有點嘴賤。喜歡觀察人，也很喜歡聽音樂。想要接觸各式各樣的人，為此做了Youtuber。
Lost lamb

CHARACTER FILE
「你不是真正的創作者，無法理解她的憂鬱。」
小青藤
PROFILE
▶高一生
▶165cm
氣息清新，喜歡歌唱，像是青藤一般自然而脫俗，熱愛貼近大自然。是一位即使能隱藏自己的情緒，但總是真實地表現出來的女孩子。
Lost lamb

GOBOOKS
& SITAK
GROUP©

GOBOOKS
& SITAK
GROUP©

三日月書版

三日月書版

1 Lost Lamb
微混吃等死 著
手刀葉 畫
迷途之羊
マイゴ
輕世代 FW266
三日月書版

迷途之羊
Lost lamb

Contents

CHAPTER 0

妳消失的那一天

水昆高中剛考完第二次段考的日子。

季節還在秋天的尾巴。

下課時同學們都趴在桌上，教室裡沒有平常的喧譁聲，一片寧靜。好多同學在秋日補眠，大家在學校的作息就像是即將冬眠的熊。

我在桌上左手邊堆了一小堆書本。幾本課本，一直懶得把它們收起來。眼角餘光，注意到一位同學出現在書堆後方。

蹲在那裡的她十指先是抓在書堆邊緣，再緩緩露出一顆小腦袋。

我看向她。

書本後方，先是冒出漂亮的淡栗色長髮，露出一點點額頭、從右側稍微斜分的率性瀏海，再來是在眉毛之下的明亮雙眸。

她的頭輕晃了一下。

發現我在看她之後，白宣一口氣站起身，制服的第一顆釦子沒有扣起，透出那若隱若現、形狀漂亮的鎖骨，最後是那輕輕抿起的嘴唇。

等她站好之後，她的雙手輕鬆地負於身後。

在純白的制服外，她套上了一件淡灰色天竺連帽外套，沒有任何花紋與品牌圖案，看上去質料非常柔軟。

白宣微笑。

數學 3

「嘿，柳透光。」

「幹嘛？」

「你居然沒有被我嚇到。」

「妳以為妳像巨人一樣從城牆後面攀登出來，從書堆那邊露出大大的雙眼，就會嚇到我了嗎？」

「是不指望。」她向左歪了歪頭，長髮跟著傾洩，她輕飄飄地說：「但我有點想看到你被嚇到的表情。」

「……」

我認真地懷疑她以後會為了嚇我而策劃什麼惡作劇。

「透光透光，你現在沒有事吧，要不要跟我去合作社？」

「是可以啦。」

反正我真的也沒事可做，就出去呼吸新鮮空氣吧。

我在白宣的催促下離開椅子，把原先閱讀到一半的書放到書堆上。想了幾秒，最後沒有拿起掛在椅子上的外套。

還不到那麼冷——白宣倒是自然地拿起來了。

「咦？」

「外面有點冷。」她說。

「謝謝。」

我心中浮起微妙的感受，伸出手，卻看著白宣把我的外套披到自己身上。居然不是幫我拿，不是看外面有點冷怕我著涼所以遞給我外套嗎！

「走吧走吧！」白宣只是披上我的外套，並沒有真的穿起來，她推向我的背叫我快點走出教室。

一踏出教室，迎面而來的冷風讓我整個人都清醒了。

教室裡冬眠般的慵懶氣息一掃而空。

我用手拍拍臉頰。

我們站在操場上時，頭頂是一片多雲的天空。

白宣雀躍地跳了幾下。

「透光，我覺得教室裡的大家，都失去能量了。」

「正常吧，秋天太好睡了。」

「睡覺是很好，但我有點無聊。」

「無聊？妳可以專心想妳的影片劇本，不是快兩個星期沒有更新了嗎？」

我拿出手機，點出 **Youtube** 的網頁。

Youtube，是一個供人自由上傳影片，能當作個人影片頻道經營的大型網站。

白宣在上面經營一段時間了，擁有近五十萬的粉絲追蹤。

我手機上的畫面，停留在白宣的頻道。

——追逐夜星的白宣。

頻道主頁面有一張白宣的照片，那是頻道的形象圖。

白宣坐在不知名的沙岸上，雙手環抱住膝蓋。

微風吹拂著她的淡栗色髮絲。她的表情看起來像是在追憶著某些消逝的事物，混合著憂鬱與悲傷，彷彿思緒飛向了遠方。

每次看到這張照片，我就好想問白宣，她當時到底在想什麼？究竟是在思考什麼事，才會流露出那麼複雜的神情？

但我一次也沒有提問。

若是真問了，一定會得到一個避重就輕的答案吧。

白宣把雙手插進口袋中，抖抖肩膀。

「其實我已經有靈感了，趁著秋天去東海岸抓螃蟹。」

「抓螃蟹？」

「嘿嘿，對啊，順便拍野外廚房的影片。透光，你想跟我去嗎？」

「可以嗎？」

我狐疑地問她。

一直以來追逐夜星的白宣頻道上，所有的野外廚房、祕境探險的影片，都只有她一個人而已。

甚至可以說她獨自一人走遍臺灣。

當然影片裡會有各地的在地居民，像是少數民族或很熟悉當地的嚮導，在白宣的影片裡跟她交流、互動。固定跟白宣一起出現在影片中的伙伴，目前一個也沒有。

白宣是在邀請我嗎？

真的嗎？

我不著痕跡地偷看著白宣的眼神，只看見她一臉悠閒的笑容。她很聰明，但不是會特意隱藏心機的女孩。真難判斷。

她如同風鈴般悅耳的聲音在我耳邊響起。

「如何？想當我的影片中，第一個跟我去玩的人嗎？」

「想。」我誠實地點點頭，「很想。」

「嘿嘿，我就知道透光你一定會想去。這個週末，我們就去東海岸吧。我要去找一種特別的螃蟹，牠的特色是倒退著走路。」

「倒著走？」

「嗯，平常沒事會躲在沙子裡，長得很不像螃蟹。欸，這麼說也不太對，臺灣有很多螃蟹長得都很奇怪。我還看過整隻黑色、跟海裡的石頭沒有兩樣的螃蟹。等你看到就知道了。」

白宣一口氣說完，輕快地踏上操場中央的青草地。從我們的教室走到合作社，直接穿過操場中央是最快的路了。

她的雙手交握在身後，視線眺望著遠方，偶爾看向天空。

即使是這節較長時間的下課，因秋天的緣故，操場上也沒有太多人在。偌大的校園，看起來更加空曠。

「是說，白宣。」

「嗯？」

「妳一開始是為什麼想做這種野外廚房、祕境探險的影片啊？」

「我沒說過嗎？是因為一個英國廚師喔。」

「他做了什麼？」

我很好奇。

「他是英國很有名的廚師，也會把影片放到 Youtube 上。大部分是關於料理跟廚房的影片。」白宣面露嚮往，溫和地說：「我喜歡的是，他深入各種荒郊野外，抓捕野生生物，直接料理的影片。」

「像是什麼吶？」

「去野豬氾濫的森林裡抓野豬，用陷阱抓到後開槍殺了牠，當場解剖之後，在森林裡開啟了一個野外廚房，把新鮮的山豬美食分送給森林中的軍人。這種，啊，他也有抓螃蟹喔，他跳進冰湖裡抓起來的帝王蟹。」

跳進冰湖裡？

「太厲害了吧。」

我在心中記下白宣所說的話，打算回去好好搜尋這一位主廚。

白宣輕聲說道：「當然厲害了。很真實，沒有太多的虛偽。」

她的雙眸望著眼前的青草，但我心中覺得，她在凝視更遙遠的地方。

真實？

在這裡使用這個詞彙，我無法理解她的含意。我露出納悶的表情，正想開口追問，卻瞧見白宣那抹淡淡的微笑。

那是拉開距離，蒙上一層神祕感的微笑。

白宣沒有叫我不要問，但也暗示了她不會回答。長久以來相處的默契，我配合地閉起了嘴。

走到合作社前，那裡有兩棵凋零的山櫻樹，白宣停在樹下。

她脫下了身上那件我的外套，不等我伸手接過，動作輕巧地繞到我身後，將外套披到我身上。

「透光透光，外面太冷了，你還是穿著吧。」

「嗯。」

「你對我剛剛說的廚師很有興趣吧？回去可以找找那位廚師的影片，他還曾經去冰島跟著當地人一起抓飛鳥，用火山旁邊的土壤烤麵包，真的很有趣。至於現在，我要想想吃什麼東西了。」

白宣走向合作社，微風牽動她的長髮。她用一隻手將淡栗色的髮絲統統順於單邊的胸前，纖細的身影一如往常。

「我在這裡等妳。」

我的背靠向合作社門前的山櫻樹。

春天時，水昆高中裡的山櫻花會綻放漂亮的粉色櫻花，除了合作社門前這兩棵，校園角落的專科大樓也有幾棵山櫻。

「白宣，寒假之後，妳去拍有關臺灣櫻花的影片吧？」

「嘿，我本來就有這樣的打算喔，之後再看看吧。」

她回頭笑道。

——一年以前，我們有過這個約定。

高二上學期結束後，我開始放起了寒假。

寒假跟去年一樣都不太冷。

不知道會不會影響到櫻花開的時間呢？

一般的櫻花樹要綻放出美麗的粉紅，要經過低溫形成花苞、等到回暖再開花的過程，氣溫一直都很溫暖，花也會不美吧？

剛開始放假的我，還有時間思考這種無所謂的小事。

因為那時候白宣還在。

不，是我以為還在。

寒假的第一天，白宣沒有回我訊息，手機也沒有接。她可能在忙吧，我這麼想著。第二天到來，也是如此。

手機沒接、連訊息都未讀。

第三天、第四天、第五天，白宣都沒有任何消息。

我開始有一點擔心。

繼續打電話，她還是沒有接。我們沒有吵架，印象中我也沒有做會讓她生氣的事，應該不是特別不接我的電話吧？

為了確認這點，我請其他同學打電話聯絡，還是一樣。

——好像消失了。

我清楚記得當時的預感。

一週後，我確定了事情的發展。

白宣是一個名氣很高的 Youtuber，是製作影片上傳網路平臺的創作者，有近五十萬的粉絲關注。

在寒假第一週裡，她個人的 Youtube 頻道沒有任何更新。

平常她就算沒有更新，也會在粉絲頁、或是直播平臺跟大家聊天，露個面跟粉絲群互動。但這一週，她就像是消失了一般杳無音訊。

這很少見。

在白宣開始經營頻道後，從來沒有發生過。

她的粉絲開始討論白宣究竟去哪了？是不是發生了什麼意外？有幾個人透過關係聯絡到我，進一步地詢問。

「我也沒有聯絡上她，但白宣是常拍旅遊影片的 Youtuber，說不定去哪裡旅行了。」

白宣拍影片時會找我一起去，有時候我也會出現在影片裡，這件事對於她的粉絲來說，是一件很特別的事。

因為她的影片中，除了我之外，從來沒有其他伙伴。

但就算是我，也聯絡不到白宣。

在水昆高中，我在班上算是和白宣走得很近、來往很密切的好朋友了。

我想不到還可以去問誰。

也有同學來問我，他們的弟弟妹妹就是白宣的粉絲。班上也有很多人在看白宣的 Youtube，但共通點是沒有人知道她去哪了。

第八天。

寒假開始後，我已經整整一星期沒有看見白宣。

太長時間聯絡不上，我有點擔心。

還是藉著找她出去玩的理由，去她家看看比較好。我知道白宣住在哪裡，她曾經邀請我去她家跟她一起討論劇本、剪影片，還一起開過直播。常常去她家，所以我也看過白宣的媽媽幾次了。

她跟父母住在一起，如果她真的不在家裡，等於我要一個人面對她的父母。為此，我換上了稍微正式一點的衣服。

白點的淺藍色襯衫、搭配素灰色的長褲，天氣有點冷，我還套上了一件開襟的毛衣，就這樣前往白宣的家。

那一天早上。

我跟白宣的一個共同朋友，在白宣開直播時常常在聊天室裡出沒，本身也是 Youtuber 的同校同學——王松竹，有過一次通話。

也有一些人向他詢問關於白宣的事。

王松竹開設的 Youtube 頻道叫做「廢材上的風霜菇」，他的暱稱就是風霜菇。

是身形高高瘦瘦、留著一頭蓬鬆短髮的男生。

整個人外形談吐都有一種文青的氣質，但他其實非常懶惰。

雖然沒有近視，有時會戴著平光的黑框眼鏡。

「透光，真的不用我跟你去嗎？」

「不用了，白宣的爸媽一定記得我，你去反而奇怪。」

「白宣她應該沒事吧？」

「我完全沒有頭緒。」

「好吧，等你去完她家，再跟我說清楚狀況，要馬上聯絡我。」

「好。」

我把手機放回口袋，深深地吸了一口氣。

現在的我，就站在白宣的家門前。

白宣的家位於郊區一帶，是一棟透天、有三四層樓高的房子。

要單獨跟她的父母見面，這讓我有點壓力。要是她的父母也不知道白宣去哪了，怎麼辦？

——不要想太多。

我重整思緒，帶著一定要確認白宣在哪裡的決心，按下門鈴。

叮咚。

等候幾秒，門緩緩打開。

白宣的媽媽出現在門邊，發現是我後，親切地揮了揮手。

我連忙打起招呼。

「午安，我是白宣的同班同學，來過這裡幾次，叫做柳透光。」

「你終於來了。」

「咦？」

「先進來再說吧。」

「是、是的。」

什麼叫做我終於來了？

聽起來太奇怪了。我滿頭問號地跟在阿姨身後，走進白宣的家裡。阿姨招待我在客廳的沙發上坐下。

「你不用太緊張啦，柳透光。我家女兒和你很要好不是嗎？她的同學裡，你是最常來我們家的人呢。」

「呃、是還不錯。」

「不止不錯而已吧。你想要喝什麼，茶或是水？」

「茶好了，謝謝。」

阿姨走了之後，我讓自己稍稍放鬆一點。確實，沒有必要太拘謹，那樣反而顯得太客氣了。

我坐在沙發上，不再那麼緊繃，拿出手機放在桌上。

白宣的家很大，一樓的客廳裡，有一扇落地窗，正透出屋外的陽光。

四張沙發圍住一張桌子，而四面的牆壁，有許多木櫃，裡面擺著許多白宣從各地帶回來的紀念品。

我看見了幾個木雕、紙雕，還有貝殼。

天啊，仔細一看，有一個大櫃子裡統統都是白宣帶回來的東西。我有一點想站起來去看，但還是先等阿姨回來再動作好了。

——也好。

我不由得想著，這些東西擺在這裡，代表白宣的雙親其實很支持她去旅行各地吧。甚至，他的父母也很喜歡旅行。

等一下我要怎麼開口？

雖然事前想過幾次說詞，但真的要開口以前，我忍不住又開始思考。

「茶泡好囉。」

阿姨帶著茶壺回來，把杯子放在桌上。

茶壺嘴飄出白煙。

阿姨幫我倒了一杯，將茶杯遞到我桌前，我很快地伸手接過。這個寒假稱不上特別冷，但喝著熱茶還是會感到一陣溫暖。

我邊喝著茶，邊不留痕跡地觀察阿姨。

阿姨跟白宣長得很像，是那種一看就知道是母女的相像。有著一樣的鵝蛋臉、清秀的眉毛、深邃的雙眼，同樣散發出清新的氣質。

「那個，我今天來是為了……」

「等等。」阿姨在我把茶杯放下後，伸出手阻止我說話，問道：「透光，先告訴我，你剛剛喝的是什麼茶？」

「連這個也要問嗎？」我忍不住苦笑。

「你回答得出來嗎？」

我怎麼可能回答不出來吶？

我輕輕轉了轉茶杯。

「是南投的日月潭紅茶。八成是白宣從南投買回來的。」

「正確，還可以嘛。」

阿姨露出清爽的笑容。

跟白宣毫不做作的笑臉，簡直一模一樣。

「白宣有一次去南投拍採茶的 Youtube 影片，那次我也有跟她去，提議在晨曦照耀之下拍片的人是我。」

「結果你採到的茶葉只有我家白宣的一半，品質還比較差。」

「那是白宣太厲害了。」

以新手來說我是一般水準，但明明也是第一次採茶的白宣，居然可以採到我兩倍的量。只能歸因於她平常東跑西跑、山裡來水裡去，對於野外工作得心應手吧！

阿姨靠在沙發的椅背上，又問道：「透光，你和白宣比賽不是都會賭上一個心願嗎？那次她叫你去完成什麼事啊？我一直很好奇，算來算去，你欠她很多願望了吧？」

「慢著，妳怎麼知道有賭注，啊！」

忽然一陣面對黑歷史般的羞恥湧上心頭。

我難以置信地抱住頭。

「阿姨，妳根本就是白宣的鐵粉吧！一定很常看她的 Youtube 影片！所以才能說出我輸給她十幾次這種事。」

「當然啊，我看過白宣所有的影片。你是唯一會出現在她影片裡的朋友，這件事我也知道。應該說，是白宣粉絲的人都知道。」

「……」

這實在太讓我震驚了。

有人看過白宣做的影片，並且從裡面看到我——這件事很常見，但當那個人是白宣的媽媽，感覺就不太一樣了。

影片裡的我們應該沒有做過什麼奇怪的事吧？

「你剛剛很想看那些櫃子對吧？」

「嗯，我很想看。」

「去吧，我們過去那邊說。」阿姨站了起來。

我跟在她身後，走到木製的櫃子旁邊。透明的玻璃內，收藏著許多白宣從各地帶回來的寶物。

於她而言的寶物。

很多東西都不是一般市售的紀念品，而是白宣對自己旅行的紀錄。在東海岸撿到小小一根的漂流木；在沙岸上堆城堡，她坐在城堡裡請人拍下的照片；原住民部落裡，長老贈送的年代久遠的木雕圖騰。

阿姨淡淡地、以望著回憶的眼神看著。

「很多東西吧？」

「是啊。」我觸摸著透明的玻璃窗，「有很多東西……」

這裡的好多寶物，我明白它們存在這裡的意義。而那些意義，很多都只有白宣跟我才知道。

「我家白宣跟她爸爸很像，都很喜歡到處跑來跑去。她爸爸是專門帶深度旅遊團的導遊，在臺灣的時間不是很固定。因為妹妹沒有那麼熱衷旅遊，白宣從小就喜歡自己一個人到處跑。快高中時，她就開始拍自己到處玩的影片了。」

「原來是這樣啊。」

白宣的爸爸是導遊，讓白宣從小就習慣於四處旅行。

也難怪白宣的相關知識非常豐富。

白宣製作的影片，通常不會超過十分鐘。她又是以野外廚房、祕境探險的影片為主，國內製作這種影片的人很少。

我的視線轉回阿姨身上，盡可能平靜地說：「阿姨，我今天來這裡是想問一件事。」

「請說。」

「白宣去哪裡了？我這星期都聯絡不到她。」

「我不知道。但是，她出門前交代我轉達一件事。」

「什麼事？」

「你是想知道她在哪裡，所以才來我們家的吧？」

「嗯。」

「白宣說如果你來我們家，就去她房間裡。這是她留給你的鑰匙。」阿姨把鑰匙交到我手上，一臉認真地看著我。

我愣愣地接過鑰匙。

這鑰匙的分量也未免過於沉重。

「阿姨，妳不擔心她嗎？」

「怎麼會擔心呢。白宣都自己走遍那麼多地方了，她出門前還說，她要去尋找自己。」

「真像她的風格吶。」

身形永遠輕盈飄逸，想做什麼就去做，內心卻無與倫比地神祕。

說出的話、做出的事，都讓人神傾。

阿姨聳聳肩。

「再說了，這有什麼好擔心的？依白宣的本領，把她丟到哪裡大概都不會有事。現在又是寒假，她要去哪裡旅行都可以啊。她開始製作 Youtube 影片以後，旅費也不用我出了。」

「那我先去她的房間看看。」

「在二樓，去吧。」

阿姨用手往樓梯指去，白宣家是很典型的樓中樓設計。我察覺到阿姨沒有跟我上去的意思，是希望我一個人進去白宣的房間吧。

這個寒假，說不定她都沒進去過白宣的房間。

我一個人走到白宣的房間門前。她妹妹，白唯的房間在隔壁。門前有一塊小牌子，那是一個木雕師傅送給她的寶物。以頗有勁道的手力，刻下代表白宣的文字——追逐夜星的白宣。

鑰匙在我手中。

白宣對我許願，要我去找她。

當我把這支鑰匙插進門鎖，輕輕轉動之後，就能更進一步觸及她了嗎？我邊這麼想，邊插入了鑰匙。

白宣的房間非常乾淨。

一股明顯是白宣身上的氣息，充斥在房間內。

我敞開了門，讓房間不再那麼悶。

採光明亮的房間，在午後不用開燈也有足夠的光線。鋪著厚棉被的床、擺著電腦的書桌、放滿旅遊書的書櫃。

還有一個擺滿紀念寶物的櫃子，裡頭有一張我寄給她的明信片。

我忍不住走到明信片前方，視線停留在上面好長一陣子。我回過神後，走到了白宣的書桌前方。

有線索的話，放在桌上的機率很高。桌上有一張紙，上面寫著：打開筆電。

我依照白宣的字跡行事，開啟了筆記型電腦。

筆電的桌面上放了一個影片檔案，檔名是「線索」。好直白啊。我點了那個檔案，卻發現需要輸入密碼。

密碼提示——「最常跟你相處的我。」

「好吧。」我聳聳肩。

看來是推理的時刻了嗎？要是推理不出來，乾脆去委託水昆高中的推理諮詢社好了，他們最近越來越有名氣了。

最常跟你相處的我？

光景流轉而至。

在許多平凡的日子裡，她填滿了我身邊的空隙。上學的途中、上課中的教室、午餐的食堂、下課時間一起漫步的空曠校園。

背景都是水昆高中。

白宣的身影，無比清晰地浮現在我的腦海中。

存在感過於強烈。

——最常跟你相處的我。

「難道是……」

說實話單是看到這句話，我立刻聯想到一串數字。但我不禁在心裡懷疑，真的有這麼簡單嗎？

若真如我所想，那白宣又想訴說什麼？

我伸出右手，一字一字地在空格處輸入了我直覺的答案，按下確定。心裡的預感告訴我這就是正解。

一秒、兩秒、三秒……密碼正確。

預感化為了篤信。

加密的影片被成功解鎖，空格消失，只要按下播放鍵便能開始播放。

「天啊，白宣。」我只能發出毫無意義的感嘆。

快速地解開了這個密碼，我的心跳飛快，在只有我一個人在的房間裡，能清楚聽到心跳聲。

我深深呼吸，重整思緒。

把白宣的密碼提示當成她在對我提問，會理解成：最常跟我相處的白宣。

白宣的身分有很多。

十七歲的女高中生、極高人氣的Youtuber、野外廚房達人、祕境探索高手，但最常跟我相處的身分絕對只有一個。

同班同學，白宣。

與我同班，每天一起上下學、一起寫考卷吃麵包的白宣。

那一行空格注定只有一個答案。

看到密碼提示的瞬間我就想到了正確解答。那是，唯一能代表高中生白宣的數字——她的學號。

我輸入了，也正確了。

但這根本沒有表面上看起來如此簡單。

白宣這道謎題是設計來給我看的，只有我才會想到那個答案，解謎者必須知道她的學號。還有提示本身，最常跟我相處的高中生白宣。

最常跟你相處的我……

這樣設計的目的，又是什麼？是隱藏一段只想對我說的話嗎？播放了影片，就能知道嗎？

我有點猶豫。

一旦看了這段被加密的影片，很多事情說不定都會產生變化吧。但是，只能看了。因為我想找到白宣。我按下了播放鍵，影片開始播放。

影片中白宣的神情有些疲累，栗色的長髮散落在胸前。她坐在她的書桌前方，用她的實況鏡頭拍攝影片。

她修長的睫毛輕眨了兩下，先是低頭、再緩緩抬起下顎，醞釀情緒似地停頓好幾秒，她才開口：「遲早，有一天我會消失。」

她抿起嘴，清秀的臉蛋露出一絲難過。

「雖然會消失，但我希望有人能找到我，真實的我、真正的我。」

她用手掌貼住自己的臉頰，好似想揉掉疲倦的表情。

「所以，透光，你會來找我嗎？踏上莫名其妙的旅行，只為了來找想變透明的我……如果你想的話，打開我書桌的抽屜吧。」白宣的雙眼直勾勾地望著鏡頭，那是一雙猶如發燒病人般朦朧的眼睛。

「那裡有第一個線索。」

「我當然會去找妳啊，笨蛋。」

白宣躲起來了。

雖然她沒有明確地要求，但好像是希望我去找她。對我來說，這無疑是能真正觸及白宣的機會。

但我根本開心不起來。

若是找不到她，她一定會很失望很難過吧。

我照白宣的指示打開書桌抽屜。抽屜裡很乾淨，沒有擺放雜亂的文具，只有一張照片。

白宣穿著露背的泳裝，露出一整片無暇且柔嫩的背部。她微微地側過頭，雙手繞過頸後綁著馬尾。

照片裡的她坐在海岸邊的一小塊岩石上，雙腳踏在身前的水裡，周圍有著岩石與碧藍的海水，熱氣飄散著。

光景投射而來，白宣美麗的身影早就我心中刻下痕跡。

「濱海溫泉？」

雖然她坐在海邊，但那裡是一片溫泉區。據說世界上只有三座可以泡湯的濱海溫泉，綠島正好有一座——朝日溫泉。

第一個線索指示的目標非常清晰，在綠島。

「說真的，有點遠吶。」

我一個轉身看見了白宣的床。

那裡是白宣每天都會躺在上面睡覺的地方。

「嗯，我房間裡的線索就是這些了。透光兒，不要在我房間裡做奇怪的事，看完影片趕快出去。」

「哪泥，妳連我會待在這裡都算到了啊。」

我忍不住笑了。

蓋上筆電的螢幕，我順手把照片塞進口袋，走出白宣的房間。用鑰匙，再次鎖上了房門。

走下一樓，看見了坐在沙發上看電視的阿姨。

「你找得到白宣嗎？」

「一定可以。」

「加油，不要讓她失望了。」

我跟阿姨說了聲再見，便離開白宣家。現在我有了下一步的目標，也知道白宣到底在做什麼了。

這比什麼都來得重要。

於是，冬末時分，我與白宣一起踏上尋找她的旅途。

CHAPTER 1

妹妹

「遲早，有一天我會消失。」

「雖然會消失，但我希望有人能找到我，真實的我、真正的我。」

「所以，透光，你會來找我嗎？」

心中徘徊著白宣在影片中說過的話語。船身隨著海浪搖動，跟乘坐著慢速版的雲霄飛車沒有兩樣，很折磨人。

同樣讓人頭痛的還有旅費。

因為工作緣故，爸媽長期住在外縣市，家裡平常只有我和姐姐，她可以算是我的半個監護人。

這次為了尋找白宣，我特地走進在家裡很少進入的廚房，親手煮了一頓早餐給姐姐享用，才在她的幫助下說服爸媽讓我踏上旅途。

他們給了我一筆旅費，加上我自己存的紅包與白宣頻道的分紅，我想撐過這個寒假大概是穩了。

好不容易船駛入港口，我走下船。

踏在港口上的水泥地，頭腦中暈眩的感覺稍稍退散了點。我環視著身邊的遊客，時值寒假，旅客不少。

要怎麼找到白宣？

說實話，我心中還沒有什麼計畫。

我跟白宣一起來過綠島，確實，是在高中一年級的事。暑假，熾熱的七月。白宣會穿著露出長腿的熱褲與洋裝的盛夏。

我走向租借腳踏車的攤位，想先買一杯飲料。

「柳透光。」

好像聽到有人叫我，但這裡是綠島，那一定是錯覺。

我靠向開放外帶的露天咖啡廳的櫃檯。

那是木頭打造的小型吧檯，一名閒閒沒事的店員站在那裡。

「我要一杯冰的黑咖啡。微冰，不用糖。」

「好的。」

「你又在喝這麼苦的東西了。」

「……咦？」

「你到底有多憂鬱啊，到底？」

另外一個人突然闖入了我身邊的安全距離，就在我身邊，站在櫃檯前方。距離很近，只差沒有靠在我身上。

是一個女孩，看了一眼，身形熟悉得讓我不禁瞪大雙眼。

我愣愣地張開嘴，一時間組織不起任何文字。

柔順長髮、明亮雙眸、鵝蛋形臉蛋，整體來說偏清新的氣質。

「白宣？」

「你……」

女孩轉過身面對我，眉毛豎起，帶有怒意與不開心。她伸出毫無稜角的拳頭輕輕地打了我的胸口一下。

「你已經認錯我好幾次了。」

「……認錯了？喔，是白唯啊。」

我差一點點就露出失望至極的表情，下一秒卻強迫自己隱藏。正站在白唯眼前，這樣做也太傷人了。

白唯。

白宣的雙胞胎妹妹。

長得很像，但兩個人給我的氣質是截然不同的。

在白唯身上，感受不到白宣偶爾會散發出來的憂鬱、若即若離的感覺和自然流露的悲傷，也沒有那股神祕感。

與姐姐相比，白唯更像是一個純粹的、綻放青春的高中女生。

我從店員手上接過黑咖啡。

白唯玩味地看著我手上的飲料，跟店員點了一杯全糖的奶茶。

幼稚，真的。

等候製作奶茶的時間，我提問道：「妳怎麼會在綠島啊？妳平常不是讀全住宿制的高中嗎？」

「我們的寒假比較晚放，昨天才放假而已。」

「是喔。」

白唯平常沒有住在家裡。

上一次去拜訪白宣家，也沒有看到她。白宣以前拍影片時，有帶她和我、王松竹一起去旅行過，來往還算是滿熟的。

冬末，還是有點偏冷的氣溫。

白唯穿著白宣一次也不曾穿過的黑色膝上襪，白宣是標準的裸露長腿派。不愧是雙胞胎，她的腿跟白宣一樣很直很美。

白唯穿著橘色的毛茸茸上衣，搭配米色的格紋短裙。

她從包包裡拿出遮陽帽戴上，並壓低帽簷。

「那妳怎麼會來綠島？來玩嗎？」

「不是來玩欸。是我有點擔心姐姐，感覺她怪怪的，打電話、聊天時都有感覺到。而且，她最近 Youtube 都沒有更新，私底下也沒有交代去哪裡鬼混了，我朋友還一直叫我去催她。」

白唯面露憤恨地抱怨。

「……」

我無言的同時，白唯接過奶茶，插入吸管喝了一口。

「好喝耶，甜甜的最棒了。」

她刻意地看了我一眼，繼續說道：「姐姐的狀況看起來有點不對勁，我打電話問她怎麼了，她沒有接，好像消失一樣。所以我昨天就去她的房間，偷偷看了她的電腦，想說有沒有什麼蛛絲馬跡。」

「然後妳就來綠島了？」

「幹嘛那麼驚訝？不難啊。」

「白宣留下的線索，有加密耶。」

「嘿嘿。」白唯得意地說道：「需要想一下的地方只有那個提問吧──『最常跟你相處的我』。這個我真的想不到，直到媽媽跟我說你來過。既然是給你一個人看的線索……那就是學號了吧！」

因為你們是同班同學，在學校最常相處了。

白唯說完，用手遮住眼睛故作抱怨地說道：「真沒想到看個電腦還會被閃到。」

「厲害。」

我忍不住稱讚。

靠著潛入姐姐房間就找到了綠島。

「既然妳都說到學號了，妳也看過那個影片了吧？」看過影片，就會看到白宣那張照片吧？

白宣穿著露背的泳裝，雙手繞過頸後綁著馬尾。

她坐在海岸邊的一小塊岩石上，雙腳踏在身前的水裡，周圍有著岩石與碧藍海水的照片。

「嗯，看過了。」

「那妳來綠島是為了？」

「我想找到姐姐。」

「為什麼？」

這個問題很重要。

「因為我擔心她會消失。」白唯想也沒想地回答。

消失嗎？

身為白宣的妹妹，她很擔心這件事。

我讓那兩個字在心中發酵，點點頭。

「白唯，妳也是來找妳姐的話，我們要不要一起走？」

「好啊，我本來就想這樣。我知道一些關於姐姐而你不知道的事，你也知道一些關於姐姐而我不知道的事。我們一起找姐姐，最好不過了。」

「嗯。」

「有點活力，柳透光！」

離寒假結束大概還有兩星期。

這段時間裡我想要找到她，這是能觸及那個一直近在身邊、就在眼前，卻隔了一層薄霜的白宣，唯一的機會。

吶，要是沒有找到她，又會怎麼樣呢？

白宣，會變成透明的白宣吧。

我不知道，只是這樣沒有根據地懷疑與害怕而已。

她會不會開始淡化，從我們所熟識的人群與熟悉的環境裡，褪去色彩，變成透明的存在呢？

「先去租車吧？」

「GOGO！」白唯向前方揮舞著手。

充滿活力。

在她身上完全能體會到用來形容青春的字詞，躍動的青春。

我們從露天咖啡館的櫃檯區離開，走向租借腳踏車的店面。很少人來租腳踏車，更多大學生與成年人都是租機車代步。

「妳剛到嗎？」

「比你早一班船的時間到吧，我是從餐廳出來時發現你的。」

白唯與白宣長得實在非常像，要不是白唯身上青春的氣息、更稚氣的言行舉止和活潑任性的個性，根本難以分辨。

稍稍恍神，甚至會誤認為眼前的人就是白宣。

跟老闆商量一下後，我牽出了腳踏車。

白唯跟在我身後，也選擇了自己喜歡的一臺。

「妳有訂好住的地方了嗎？」

「還沒，我原本是想到之後再找。」

「那妳去我住的旅館住好了，我們住在同一個地方也比較方便。我訂的旅館離這裡不遠，先騎過去再說吧。」

白唯把飲料裝進袋子裡，跨上腳踏車。我們兩人迎著風，並肩騎在道路邊，往港口附近的旅館而去。

綠島有一條長達十六公里的環島公路。

我們從港口出發，騎上公路，隨時看得見湛藍的海洋與沙岸。內側是綠地，外側是海洋，這裡的自然風景保留得很好。

零散的房屋偶爾出現，一路騎到市區，房子開始變得密集。

旅客也變多了。

旅館是一棟漆成白色的旅店，這裡，也是我與白宣一起來玩的時候，住過的地方。我與白唯走了進去，約好十五分鐘後在大廳見面。

「柳透光，我有一個問題。」

「嗯。」

「你回應的語氣可不可以不要那麼要死不活啊！算了，真是沒救了。你跟我姐姐一起來玩的時候，是睡同一間嗎？」

「……小鬼不要知道得太多。」

「怎麼了？我跟你一樣大。」

她不屑地吐吐舌頭，拎著波士頓包走開。

「等會兒別遲到啊，柳透光。」

她又補了一句。

我走向旅店的二樓，訂的房間在那裡。推開門，走進寧靜的房間中，點點塵埃在窗下無所遁形。

我把包包隨意地拋下，走向窗邊。

二樓有高一點的風景，能眺望海洋。凝視著海面，我任憑思緒飄向遠方，幾分鐘後，才把注意力拉回。

我把腳上的懶人鞋換成更適合走在沙岸的拖鞋，走向大廳。

大廳裡有一處擺放沙發供旅客聊天的地方，我到的時候，白唯已經坐在那裡了。

她沒有換衣服，依然戴著天藍色遮陽帽。

她翹著穿有過膝黑襪的長腿，露出一截大腿，看著桌上的地圖。

「妳在看導覽圖？」

「對，我在找線索。」

「關於之後要去哪裡的線索嗎？」

「先不要吵我。」

白唯沒有抬起頭，她很專注在地圖上。

我在她對面坐下，現在的時間是午後，整個旅店的大廳沒有其他旅客。

到了綠島之後，下一步白宣沒有其他提示。

看著白唯與她垂落肩頭的髮絲，我提議道：「既然我們是同盟的話，先來進行情報交換吧？」

「好啊，要怎麼進行？」

「呃，先說我們到底為什麼會找到綠島來好了，要說清楚細節。」

我本想拿出照片，但轉念作罷。

那張照片值得被獨占。

「白宣給我的第一個線索，是她在綠島朝日溫泉泡溫泉的照片。照片指示我來綠島，但並沒有更清晰的目標。」

「嗯嗯，我的話，就像剛才說到的，偷看了她的電腦……跟你看到一樣的影片，就來這裡了。」

「沒有了？」

「沒有了。」白唯認真地搖頭，「老實說，我連今天會看見你都不知道，本來也是抱持著來玩、順便看姐姐在搞什麼鬼的心態。姐姐什麼都沒有跟我說。」

「聽起來，我們都沒有下一個目標。」

「線索不夠啊。」

白唯把雙手抱在胸前，身子探前凝視著桌上的導覽圖。

我忽然有個靈感。

說不定，白唯的出現也在白宣的預料之中吧？

還有沒注意到的地方嗎？

我喝了一口黑咖啡，看向白唯正在注視的地圖。

那上面標明了幾個比較著名的旅遊景點。綠島有一條水泥鋪成的環島公路，透過公路與向內延伸的道路可以去多數的景點。

「我們住的旅店在島的西方。」

白唯伸手戳著地圖。

從環島公路往島的東方騎去，一路會經過梅花鹿群居的平原、柚子湖部落、與山坡上突出的一條步道——小長城。

再往下騎去，會經過白宣提示的朝日溫泉與祕密草原。

依照我對白宣的認知……

「白唯，我覺得，白宣應該是在某個景點中埋藏了找到她的線索。」

「綠島這麼大，我們怎麼找？」

「一定有什麼提示，只是我們還沒有發現。」

「是說，柳透光，你跟我姐姐來過這裡旅行吧？」

白唯的聲音，帶了點好奇。

她的雙眼直勾勾地盯著我看，那雙眼瞳裡有著白宣沒有的純真。

「來過，去年七月。」

「果然來過，難怪我姐去年暑假回家之後，看起來超快樂。」

「……」

「那我姐最喜歡哪一個景點？對她來說，你們那趟旅行一定有一些地方有特別的意義，她可能把線索藏在那裡了。」

「這是妳的推測嗎？」

「我好歹是她的妹妹，要相信我的推理。」

我輕輕皺起眉頭。

那趟旅程我們玩得很盡興，但要說白宣最喜歡哪裡？難說。

白宣本來就常常隱藏自己真正的內心，跟人保持若即若離的距離。稍稍想要靠近，就會被無形的牆隔開。

那趟旅行中，她幾乎都很開心，時常燦笑。而表現最自然、最讓我感覺這就是真實的白宣、她的笑容最輕鬆的時候……

光芒投射而來。

光景流轉而至。

氣溫宜人的午後，白宣躺在草原上，享受著海風與太陽的沐浴。她沒有說話，看上去無與倫比地悠哉。

「可能是祕密草原。」

「在哪？」

「在濱海的朝日溫泉旁邊，從階梯往上走可以去到的草原。」

我伸手指向地圖。

正確來說，兩片偌大的草原都在巨大無比的岩石上。一般人要走階梯上去，但山羌或梅花鹿似乎可以跳上去。

「白唯，祕密草原對她來說大概是特別的地方。但我跟白宣來的那趟旅行，都是半年以前的事了，白宣不可能那時候就策劃現在的事吧？」

白唯聳聳肩。

「不一定，有什麼寓意或是對她來說有特別回憶的地方，都可能是姐姐放置線索的地點。我們也沒有其他線索，先去看看。」

「好吧。」

我略顯無力地站起身，空氣發生了變化，我被白唯的雙手從肩膀處直接按下，被迫坐回沙發。

只見白唯單手扠腰、一頭長髮飄散在胸前，頗有氣勢地站在我眼前。

「柳透光，有活力一點，大聲——算了，至少普普通通說好或ＯＫ。對你來說，有這麼難嗎？」

「……」嗯，有點難。

「反正只要我姐姐不在，你就一定要擺出要死不活的樣子。」

倒也不一定吶。

只是，我也不知道該擺出什麼樣子才會看起來一切如常就是了。

沒有聽到我的回應，白唯又想開口說話，我只好轉移話題。

「好了。還有其他可能的地點，或是尋找白宣的方式嗎？不然，我們就先去祕密草原。白宣給我的照片指示是朝日溫泉，兩個地點在附近，我們都去看看。」

「你……」

她垂下眼眸，那或許是她失望的模樣，她小聲地說：「好吧，先去那裡。」

達成共識的我們，騎著腳踏車踏上旅程。

沿著公路一路騎下去，以距離來說，我們幾乎是從島的左上角騎到右下角，距離不短。

幸好季節依然是冬天，騎了這麼久的腳踏車，也不會流汗。

白唯戴著遮陽帽，長髮綁成馬尾，從帽子後方的洞口鑽出去。馬尾隨著騎車的動作輕輕晃動著。

「柳透光。」

「怎麼了？」

「說說看你跟我姐姐來玩的時候，還有發生什麼事。真的啦，我姐姐把你叫來這裡，一定有她的理由。你們那趟旅行，一定有很多只有你知道的回憶。」

「好，我想想看。」

我的視線從水泥地往上移動，看見了遠方的岩石。

那些濱海的岩石似乎都有自己的名字。

我跟白宣都沒有記得太多。

水泥地的話，啊！

「我們正騎著的這條公路上，特定季節會有要產卵的螃蟹路過，產卵季節從暑假開始，牠們常常被行人與機車壓死。」

「然後呢？現在……都沒有了。」

白唯邊說邊仔細地觀察公路。

其實這種很坦率、直接的表現，滿可愛的。

「白宣上一次來綠島時，幫了好幾隻螃蟹過馬路。因為她看見了一隻母蟹被輾死，她把牠捧起來，蹲在海邊發呆了好久。」

「哈哈，真像是我那個會莫名其妙憂鬱一波的姐姐。」

白唯騎在我前方，慢慢地往公路右側靠去。

頂部是祕密草原的兩座山峰出現在前方，朝日溫泉也在附近了。我們把腳踏車停在路邊，走進濱海的區域。

那裡有一條陡峭的步道，登向山頂。

「走上去？」

「上面就是我說的祕密草原，是一片翠綠的草地，能完整眺望太平洋……但要說藏東西或是留線索，都很困難。」

「先上去再說。」

白唯伸出手拉住我的手腕，動作活躍踏上了臺階。那是一條木製的階梯步道，我們費了幾分鐘終於登頂。

青綠色的草地從腳底向遠方延伸，直到懸崖。

仰頭望向天空，乾淨的天藍色與連綿白雲盡收眼簾，沒有任何更高的建築物遮擋。

這是視野非常完美的草原。

除了我們之外的旅客不少，更遠的另外一座草原，上面好多梅花鹿與山羌。

白唯似乎被眼前的風景所迷住，一時間沒有說話。

「好美的地方。」

「嗯，真的。」

「你跟姐姐一起去過很多這樣的地方吧？」

「對，不過這裡在我心中也是很美的地方了。」

「跟她在一起，你開心嗎？」

海風從我們身邊呼嘯而去，頭髮隨著風顯得凌亂。開心嗎？白唯這麼問道，並且探前身子，以較低的角度往上看著我。

這似乎是一個無法逃避的問題。

「我很快樂。」

「你竟然可以這麼爽快地承認。哈哈，是因為你們很像吧。我是說真正的我姐，不是作為 Youtuber 的那個形象。」

真實的白宣嗎……

白唯微笑地說完，往後退了一小步。

她伸手調整了帽簷。

「這裡，真的沒有線索的感覺啊。」

我放眼環視了平坦的草原，如預料之中，沒有發現可以當作提示的東西在。白宣總不可能要我們低頭搜遍整個草原吧。

——叮咚。

我的口袋裡傳出手機提示聲，伸手把手機拿了出來。白唯想往外圍一點的草原走過去晃晃，我連忙呼喚她。

「白唯，是妳姐姐傳來的訊息。」

「……什麼！給我看看。」

有一封寄件人是白宣的訊息，幾秒鐘前傳到了我的手機。

透光，這是一封事先寫好，條件達成時會自動傳到你手機的信。你的手機被我設定定位了。

關於綠島的線索：

透光，你跟我一起來綠島玩過，回憶很重要。

祕密草原是我喜歡的地方，到這裡就會獲得這封訊息提示。

而那趟旅行之中，我最難過的時候、與最吸引你的時候，分別是在哪裡？去找找，那裡我各藏有一個收藏瓶，看看瓶子裡的東西。

「就這樣了。」

我把白宣的訊息截成圖片傳給了白唯。

拿著手機，反覆閱讀著。

——而那趟旅行之中，我最難過的時候、與最吸引你的時候，分別是在哪裡？去找找，那裡我各藏有一個收藏瓶，看看瓶子裡的東西。

最難過、最吸引我的時候，分別是在哪裡嗎？

我好像有點概念了。

她抬起頭，確認似的目光投向我。

「妳想的跟我一樣嗎？」

「雖然不太想承認，但這次想的大概一樣了。」

「感覺白宣可能也在綠島。」

「別想了，就算我姐姐在綠島，她也不可能會被我們堵到。」

「嗯，這我同意。」

白宣遠比我們更瞭解這塊土地。

白唯從口袋裡拿出地圖，迎著太陽光看著。

略長的青草不時搔著我的腳踝，微風吹拂而過時，整片青草跟著低垂。

白宣就算也在島上，要找到她也是件難事。還是按照她的規則，去那兩個地點找收藏瓶中的線索。

「所以呢，柳透光，姐姐最難過的時候是在哪個地方？她不會哭了吧？最吸引你的地方我知道，就在下面嘛。」

「下面？」

「下面不是朝日溫泉嗎？泡溫泉時，露出長腿的她，你根本就沒轍啊。」白唯以嘲笑的口吻說道。

我意識到自己有點臉紅。

「……白宣泡溫泉的時候是最吸引我沒錯，真的很美。但妳問的另一個地點——她最難過的時候是在哪裡，我還沒想到。」

「還想不到？好，那我們先走下去。」

白唯往階梯走去，我跟在她身後。

走下木製階梯後，朝日溫泉就在眼前不遠處。

我們踏上了濱海、連結著海洋的水域。這一帶水域很奇妙，是淺岸，有不少岩石可以踩著行走，附近更有幾處天然的海底溫泉。

朝日溫泉的管理單位把幾處天然溫泉用溫泉池的方式圈起，其他在岩石與縫隙間天然聚集的溫泉，就沒有再特別加工。

在岩石區泡溫泉的人比較少，大部分人還是在溫泉設施裡泡著。很可惜，在岩石區裡泡著，與太平洋是連接在一起的，那種感覺很特別。

「姐姐是在哪裡泡的？」

「前面那塊岩石，那裡不是有一個溫泉池嗎？就是那裡了。」

「看來第一個線索，有點簡單。」

——嘿咻。

白唯靈巧地在岩石間移動，動作敏捷。她輕輕鬆鬆地跳到溫泉池邊緣，小心地踩著易滑的岩石，一步步繞著圓弧形的溫泉池移動。

「柳透光，確定是這裡吧？」

「對。」

慢了她幾步，但我也到了溫泉池旁。

那張照片——白宣把我指引到綠島的照片，是在這裡拍攝的。

前方就是能直視海平面，視野遼闊無比的太平洋。

頭頂是天藍色的晴空。

記憶中的畫面慢慢取代了現實，白宣的身影彷彿在我眼前慢慢浮現。

漸漸清晰。

她穿著露背的泳裝坐在海岸邊的一小塊岩石上，雙腳踏在身前的水裡，周圍碧藍色的海水流淌在岩石縫細，溫泉的熱氣飄散著。

朦朧景色之中，與白宣的身影極其相似的白唯，蹲下身子，單手伸進了溫泉池裡。她穿著過膝的黑色長襪，要是浸水會很不舒服吧。

我連忙走到她身邊。

「在池裡裡面嗎？」

「很可能！我看見了一個瓶子。」

說完，她真的從溫泉池裡打撈出一個小小的玻璃瓶，瓶蓋處是一個軟木塞。她雀躍地把瓶子舉到眼前。

「柳透光，看起來裡面是金色的沙子……」

「沙子裡可能有其他東西，把蓋子打開看看？」

「好喔。」

金色的沙子，綠島有那樣顏色的海岸嗎？我似乎沒有印象。

白唯用手拔著軟木塞。

「小心啊。」

「還用你說嗎？啊、啊啊！」

「小心……」

白唯尖叫，不用多想也知道發生了什麼。她的手沒有拿穩。收藏瓶本來就很小，她又單手拔著軟木塞蓋子。瓶子從她的手上滑掉，我下意識地伸出手去攔截。

理所當然地，沒有在半空攔到。

我一陣傻眼。

茫然。

收藏瓶掉落到溫泉池以外的地方，沒入海水裡。我們所在的岩石區雖然是淺水區，但那麼小的瓶子落入了深藍色的海水之中，根本找不到了。

「……天啊。」

我用手摀住額頭，像是宣洩情緒似地把瀏海往上撥去。

收藏瓶，白宣在綠島留下的線索之一，隨著退去的海水消失在我們眼前，成為一個不知去向的漂流瓶。

裡面裝著的是金色的沙子。

除此之外，我們沒有其他更進一步的線索。

白唯凝視著水面，然後她抬起腿——天啊，我連忙衝到她身邊，雙手搭住她的肩膀，從正面看著低頭無語的她。

她沒有顫抖，但頭始終低垂。

我忽然淡淡地笑了。

不知道為什麼，看見那個收藏瓶從眼前消失，我心中沒有太大的波動。是出於自認仍然找得到白宣的自信，還是其他原因，我也不清楚。

「不要真的給我跳下去找啊，妳想大海撈針嗎？」

「對不起，柳透光。」

「這沒什麼好道歉的。」

白唯的個性真的非常直爽，坦率到稱得上可愛的地步。

她很乾脆地說出對不起。

「你很想找到姐姐，我知道那對你是很重要的事。弄丟那個瓶子，就跟弄丟一個重要線索沒兩樣……不行，我要去找回來！」

她說到這裡，一個轉身，又想踏入淺水區中。

白唯仍然穿著膝上襪，鞋子也沒脫，這樣踏入水中只是自找麻煩而已。何況，也不可能找得到了，瓶子早就漂向大海。

我伸手拉住她。

「瓶子就算了啦，沒關係，妳不要那麼自責。坐下來，先休息一下。」

「我太大意了，對不起……」

「沒關係。先坐下吧，至少我們知道那裡面裝著金色的沙子，那就是一個線索了。」

「可是……」

「別再說了。」

我淡淡地看著她。要是再糾纏，就有點煩人了喔。

無語的白唯還是不太甘心地輕咬嘴唇，幾秒後才稍稍放鬆。我輕碰了她的上手臂，示意她真的沒關係。

心情低落的白唯總算是應了聲好。

她蹲了下去，即使情緒正經歷一陣波動，也沒有跟我拉開距離。

「至少我們知道裡面是金色的沙子。」

「嗯。」

她坐在岩石邊緣，看著飄散熱煙的溫泉池。

她像是思考什麼似地輕撫著小腿，幾秒後，她脫下襪子。

「唉，不泡一下有點可惜。」

「我們在綠島還會待幾天，一定有機會再來這裡。」

「那就好。」

白唯輕聲地說著。她坐在我身邊，伸出腳丫子先是輕碰了一下水面，確定溫度後才放入水中。

她像個小女孩似地，兩隻腳踢著水。

周圍只有海風的聲音，朝日溫泉主要的溫泉區離這裡有一段路。

喧囂早已被海風截斷。

陣陣涼意，時而拂過我的上半身。

我們的前方就是太平洋。

碧藍色的海平面占據了視野下方所有的空間，遠方有幾艘漁船。整個空間，隱約有種寂寥。

白唯停止了踢水的動作，雙手靜放在併攏的大腿上。

「吶，柳透光。」

「……」

「醒醒啊。」她拉了拉我的衣角，「剛才的事，真的對不起。我知道你很想找到姐姐，透過追尋姐姐的足跡，去真正地接近她的內心吧？」

「妳好像很懂。」

「不要在我認真的時候，用開玩笑的語氣說話。」

白唯張大雙眼盯著我。

我只好微微一笑。

「好，那妳是怎麼知道的？妳姐姐不可能跟妳說吧。」

「喔，我猜的。」白唯面露得意，「你跟我姐姐那種莫名其妙會一陣憂鬱的個性，實在太像了，很好猜你們在想什麼。」

莫名其妙會一陣憂鬱——從白唯的角度來看，是這樣啊。

我隨口問道：「那猜一下啊，下一個線索白宣說她藏在旅行中最難過的地方。我跟她來綠島時，真的沒有印象她有很難過的時候。」

「這個我猜不到。」白唯搖搖頭，「只有你和她知道那趟旅行發生過什麼，你慢慢說給我聽，我再來猜猜看。」

「可以。」

「哈，又來了，要死不活的回應。真的沒完沒了耶。」

白唯這次沒有生氣，反而愉快地笑了起來，還用手拍拍我的頭髮。

「要走了嗎？」她問。

「隨時可以走了。」

「要去吃個下午茶嗎？順便跟我說說你們來綠島的故事，如果你想不出來，可能要我幫忙想了。」

「嗯，我也這麼覺得，走吧。」

白唯比我早一步站起身，似乎覺得我動作很慢，還伸出手想拉著我起來。充滿活力。

我對她的這個印象再次加深。

我們沿著原路回到環島公路上，兩臺腳踏車都還在原地。

我們騎上腳踏車，往島嶼的西邊騎去。

綠島的主要商家都在島嶼的西邊，港口也在西邊。我們騎了一小段路，隨著時間過了四點，太陽也幾乎都縮在雲朵後方，氣溫變得有點冷。

一個炸物攤位出現在路邊。

白唯看了幾眼，眼睛一亮，腳踏車立刻往路邊靠去。我跟在她身後，那是一個街邊的炸物小販。

「喔喔，是烤飛魚。」

本島比較少看到，難怪白唯眼睛一亮。

「這，不吃不行。」

白唯打量著陳列在架上的飛魚，最後選了一隻給老闆。

「那我也來一隻好了。」

老闆很快地烤好兩隻串起來的飛魚，兩邊向外展開的翅膀非常顯眼，我們只要拿著竹串就可以吃了，飛魚的肉很結實。

「柳透光，我們去前面的涼亭吧，你說給我聽，你和我姐的那趟綠島行。」

「可以。」

她瞪了我一眼。

我換了一種說法。

「好，邊吃邊說。」

洋。

綠島的環島公路外圍，設有很多供人乘坐的椅子與涼亭，到哪都能看見海洋。

白唯一手插在口袋裡，單手吃著飛魚，輕鬆地走進涼亭。

「快來啊，柳透光。」

CHAPTER 2

妳問我的那個問題

綠島，夏日。

位於島嶼西方的某間靠岸餐廳。

「這道料理還算好吃。」

白宣品嘗一口餐廳的得意菜色——香煎鬼頭刀魚，平淡地說出感想。她把筷子擱向一旁，拿起紙巾擦了一下嘴唇。

淡粉色的唇彩。

更襯托出白宣柔嫩的嘴唇。

平常白宣很少化妝，膚質很好的她，更喜歡素顏趴趴走。只有偶爾拍片時，會化上適當的妝容。

而這一次來綠島，沒有要拍片。

白宣雖然說了好吃，但動作看起來不太像。可以吃，看似這樣的評價。

我盯著料理，夾了一塊魚。

吃了一口。

除鱗後剁成圓圈狀的鬼頭刀，加入薑片、米酒醃製，裹上一層薄薄的地瓜粉後放入油鍋中，煎到焦黃。

最後適當地擺上切片檸檬，鬼頭刀魚剛煎完的香氣非常強烈。

爆炸似的香氣。

夾起來，透過筷子能感受到魚肉的重量。

「還行啊。」

「透光覺得好吃喔，是喜歡這種魚的口感嗎？料理這種東西，很主觀。」

「妳沒我這麼喜歡就是了。」

「對。」

白宣笑著回應，拿起筷子，這次伸向清蒸小卷。

桌上擺了四盤菜。

白宣雖然沒有要拍片，但她吃到什麼，有時也會寫在部落格與粉絲團上。提供粉絲一個參考的指標。

我看著白宣把小卷送入口中，問道：「話說這裡也有海釣，用釣到的海鮮直接料理的行程，我們之後要去嗎？」

「可以。」

白宣輕聲應道。

可以，一個不置可否、並未真正展現自己內心的態度，只是順應我的想法、對她來說根本沒差，所做出的回應。

「那我之後去排行程了。」

「好啊。時間你排就好。」白宣點點頭，讚許似地說道：「這個小卷我倒是滿喜歡，清蒸的味道很棒，這道菜可以在粉絲團提一下。」

「那妳不太喜歡的鬼頭刀魚呢？」

白宣愣了一秒。

她發呆時有種自然流露的空靈氣質。

白宣明亮的雙瞳盯著我瞧，她也不掩飾，無奈地說道：「透光，以前我吃到好吃的美食，心情好就會在粉絲團上推薦。吃到不好吃的料理、不喜歡的料理，也會在粉絲團上寫。可是，我這個月追蹤數已經升到三十幾萬了，文章的點閱率常常超過五十萬。現在，我還可以自由評價嗎？」

「……」

「像那道香煎鬼頭刀魚，我不喜歡，但那是我主觀對料理的看法，不是多數粉絲都能分辨這件事。很多人，會直接拒絕那間餐廳或是給餐廳負面的評價。所以，我還能像以前一樣寫到粉絲團上嗎？怎麼想都有問題吧？」

「妳有顧慮了。」

「對，我一直很煩惱。」

白宣說著她的困惑，但她手上的筷子沒有停下。她夾起小卷，手腕停留在半空中。

她的視線投向桌面，另一隻手則托住臉頰。

「還有，這幾個月，明顯感覺到粉絲越來越多了。最近我走在以前製作過影片的地方時，常常會被人認出來。

「我有影響力了——但我也被限制了。

「我到底要像以前那樣寫出心中真正的想法，還是不要影響到商家與喜歡那間店的粉絲群，只寫一些偏正面的評價就好？」

白宣放下筷子，身子往後一靠。

她淡栗色的髮絲垂到胸口兩側，她用手把頭髮撥回肩膀後。

「像我如果寫鬼頭刀魚不好吃，這間店以後鬼頭刀的銷售量一定會受到影響。」

「一定啊。」

「而鬼頭刀是綠島的特產，又是這間店的招牌菜。以前，我也試過直接說出料理的評價——像是一些美食 Youtuber。那樣會讓一些喜歡那道菜的觀光客特地去吃，不喜歡這個料理的人則可以避過。」

那是典型的美食 Youtuber 的做法。

讓粉絲們可以找到想吃的美食，避開不好吃的地雷。

「嗯。」

「但是，有一次我說一間餐廳很普通……其實不止一次，我說出了那些餐廳的料理感覺上好普通、一般般。造成了大量的粉絲在影片下面留言攻擊那間餐廳，比較激動的粉絲還會去餐廳的粉絲頁跟 Google 地圖洗負面的評價。」

白宣嘆口氣。

我的腦海中浮現出那個畫面。

是說，就連我自己也看過類似的留言出現在白宣影片下方的留言區。

即使在影片中是說出普通的評價，明明不是惡評，卻還是造成商店的困擾、影響了廚師與餐廳的生意，這一定讓善良的白宣心裡過意不去吧。

白宣面露迷茫的神色。

「我不知道啊，真的很煩惱。」

我有點想安慰白宣。

但又不敢真的伸出手去拍拍她。

白宣必然不會閃躲、退開，一定會讓我觸碰到她。但若她不喜歡，與我的距離就會瞬間拉開。

「唉，煩。透光，幫我想啊。」

白宣把手肘支在桌面上，臉蛋默默地埋進手掌之中。

「我真的能憑自己的主觀意見，去跟遠遠超過三十萬以上的人評價——這道料理不好吃、或是普普通通嗎？」

白宣以充滿矛盾的口吻提問。

像自問自答，也像是希望我說些什麼。

「做……」

「做妳自己就好？透光，這種話我當然聽過了。」白宣張開一隻手，躲在手掌後方的一雙眼睛俏皮地眨了眨。

我思考了幾秒。

「公眾人物本來就是這樣，越來越紅，說話也越來越謹慎，對表態越來越敏感，因為你們說的話能輕易傷害到很多人。白宣，妳是很溫柔的人，會這樣想很正常。」

「那我應該要這樣嗎？」

「這個……」

又有誰知道呢？

難題。

我深深吸了一口氣。

白宣的提問，是人們竭盡一生去思索也未必有正解的問題。我用手指輕敲著水杯，抿抿唇，乾脆地說出內心的想法——

「白宣，我只想看到真正的妳。」

她愣住了。

「我想看到真實的妳，不是為了粉絲、Youtuber 的身分而改變的妳。」

「透光……」

白宣微微張開嘴唇，想說些什麼，卻組織不起言語。

她像是聽到難以想像的言語般，抬起頭，注視著我。她的情緒掀起波瀾，從她略顯濕潤的眼瞳裡我看得出來。

「哇，你真的對我姐那麼說喔！」白唯忍不住高聲問道。

「當然了。」

我勉強勾起嘴角。

那一天，走出那間餐廳，到真正出海夜釣前，白宣的心情從外表看上去沒有變得低落，但心事重重。

——「我想看到真實的妳，不是為了粉絲、Youtuber 的身分而改變的妳。」

此刻回想。

那句話等於直接戳向她內心的軟肋。

白唯坐在涼亭面向海洋的欄杆上，吃剩的烤飛魚暫且擱在桌上。

波光粼粼。

海浪閃爍著最後一點金黃色的太陽光芒。

「柳透光，聽到剛才的故事，我真的對你刮目相看了。你說不定是我姐身邊，唯一一個敢這樣對她說話的人。」

「一般人都不會這麼做嗎？」

「當然不會。」白唯連想都沒想。

「我姐跟一般朋友的距離看似親暱、親近，但真正懂她的人都明白，像你一定知道我在說什麼。只要越過她設下的距離紅線，太靠近她的內心，冷到結冰的感覺就會出現。我姐會很快讓對方意識到，不知道為什麼，她很擅長這個。」

白唯嘆了口氣，懸空的雙腿晃啊晃。

她坐在欄杆上，脫下過膝黑襪的長腿，看上去非常白皙、光滑無比。

擅長讓別人退卻，這聽起來也太哀傷。

「餐廳裡的那段對話，白宣可能很難過，我也不知道。我就說一些，旅行之中我懷疑的點好了。餐廳是第一個。」

「我們晚餐就去那間餐廳吃吧？」

白唯突然提議。

「可以……啦，反正離這裡也不遠。」我說到一半就注意到白唯的眼神，只好補充道：「晚餐時段一定很多人在餐廳裡，妳可能會被很多人誤認是白宣。」

「沒關係，我早就想到了。身為白宣的雙胞胎妹妹，最近這種困擾越來越多。我有帶一個面具來。」

「那應該就可以了。」

我走向欄杆，白唯的右方，她跳上欄杆並坐在那裡，我只是靠在欄杆上，望向海洋而已。

「再來就是小長城那裡。」

海風襲來。

那一天，海風也很大。

我與白宣走在綠島突出的山坡步道上，那段記憶的色彩重新鮮明。

小長城最讓人印象深刻的一點，是它建立於山稜之間。蜿蜒的小道通往海濱岬角的觀海亭，海天一色、風景美麗而遼闊。

白宣走在我前方，腳步輕鬆。

「透光，你已經走累了嗎？」

「呼、呼……剛吃飽飯，加上最近都太晚睡了，身體沒有力氣。來綠島之後，一直走來走去，腳也不太舒服。」

「繼續說啊。才幾歲，藉口就這麼多了。」

白宣大笑。

開朗無比的笑聲，隨著風在小長城一帶擴散。

我雙手支撐著膝蓋，喘著氣。嚴格來說，小長城的路不難走、坡度也幾乎沒有，但不知道為何，腳就是不聽使喚。

白宣的栗色長髮，早已綁起馬尾，在盛夏的戶外行程中，這樣也比較輕鬆。她轉過身來，伸出手臂。

「透光，我拉著你吧。」

「……」

「別害羞，而且要害羞的是我吧！」

「……謝謝。」

有人拉著比沒人拉著好走得多，何況那個人是白宣。我伸出手，自願被她拉住。

白宣的手很柔軟，卻充滿力量。

她拉著我，我開始有點力氣了。我們一步步往位於岬角的觀海亭而去。

其實，我們的距離其實一直都很近，這一動作更加深了我的認知。

我們穿過了山稜線上的步道，終於走到觀海亭。

從觀海亭能眺望著湛藍色的海洋、西北方的柚子湖、牛頭山，能一眼望見許多綠島上的風景。

海浪撞上海面上的岩石，迸出的白色浪花。

海水拍打上岸，退去的聲音。

不時飛過的海鷗，高亢深遠的鳴叫。

白宣走到觀海亭的護欄邊，迎著風，閉上雙眼。

「透光，閉起眼睛，聽海的聲音。」

「好。」

我照著做了。閉上雙眼後，聽覺也變得更敏銳。海岸與比鄰的山稜一角，聲音豐富得不可思議。

聆聽了好一陣子，白宣拿出單眼相機，開始取景、拍照。

「這裡拍得夠好，就當作來綠島行的發文主視覺圖。」

「很好耶，這裡的風景很適合。」

「海天一色。」

白宣對這裡風景的評價很高。

海天一色，通常是形容蔚藍色的天空與湛藍色的大海交際的美景。白宣在觀海亭內找了幾個位置，都不太滿意。

「話說，聽海的聲音，你知道是一間民宿的名字嗎？」

「是喔，在哪啊？」

真是一個做作的名字吶。

「在我們之後可能會去玩的地方——東海岸的金色沙岸。應該算是一個還沒有紅起來的祕密景點，很符合我們的祕境探險。」

「唔？有什麼特別的東西嗎？」

「特別的嗎？嗯，有一種特別的螃蟹，叫做旭蟹。」白宣終於選到想要的景，按下快門，拍好了照片。

她重新把相機塞回包包裡。

就在這時。

「請、請問妳是那個 Youtuber 白宣嗎？」

有一個小男生，目測是國小的年紀。

他在媽媽的陪同之下，十分緊張地走到白宣眼前。白宣的粉絲群年齡跨度很廣，小學生到中年人都包含在內。

最近粉絲認出她的頻率變高了。

「對，我是白宣，午安。」

「那個，白宣姐姐午安。我是妳的粉絲，請問妳在拍影片嗎？」

「沒有喔。」

「那、那，可以跟妳拍一張合照嗎？」

「沒問題的，你媽媽要一起嗎？」白宣很和藹地回應，蹲了下去跟小男孩保持差不多的高度。

她拍了拍小男孩的頭。

他們三人最後一起在觀海亭邊，由我拍下了合照。

小男孩非常興奮。

白宣再次獲得一個鐵粉。

沿著步道走回公路時，我好奇地問道：「白宣，這次來綠島的旅行，妳要製作成 Youtube 影片完全可以吧？就算不是野外廚房系列，祕境探險系列也可以啊。」

白宣哼著歌，似乎沒有聽到。

我繼續說道：「不做的話，也太可惜了吧。這座島上的景點很多，飛魚跟鬼頭刀也是本島少見的魚類，都能做成影片。」

「我只是單純想來玩。」

白宣走在我前面，忽然停下腳步。

我看不見她的表情，只看見她的雙手慢慢地束於身後。

「透光，你覺得跟我一起去旅行，好玩嗎？」

「很好玩。」

不加思索就能回應。

跟白宣一起去旅行，當然很好玩、很快樂。

「那跟我去旅行時，是單純旅行、還是有拍影片時，比較有趣？像這次來綠島，是單純旅行。之前去臺中的高美濕地時，那種叫做拍影片的旅行。」

「……我想想。」

有差別嗎？

我身邊的人都是白宣。

白宣在拍影片的旅行中，當然身為 Youtuber 的比例會更重一點，常常要對稿、攝影、拍照、想哏。

我微微一笑，心中的答案很清晰。

「都很有趣。」

「真的嗎？」

「真到不能再真了。對我來說，我們一起旅行時，妳是不是在做一個 Youtuber 要做的事，一點也不重要。」

白宣甜甜的笑聲傳了出來，她繼續往前走。

在走出出口、重回公路後，正好有一群高中生、或是大學生騎著腳踏車停在路邊。白宣的粉絲大多數都是這個年齡層，他們也是使用網路最大量的族群之一。

不妙吶。

「咦，那個人是……白宣！」「啥，白宣在這裡嗎！」「拍照啊拍照啊！」

果然，白宣被認了出來。

一開始只有幾個粉絲衝到白宣身邊想拍照而已，有幾個人只在遠方偷拍。八成是要PO到社群平臺，說捕捉到野生的白宣。過了幾分鐘，更多人走到白宣身邊，排著隊，將她圍了起來。

不意間，就變成這樣了。

白宣的臉色頓時變得黯淡，但她還是揚起一絲笑容。

Youtuber不能做自己，我頓時明白了這句話真正的意義。

真實的白宣此刻一定是抿著唇、雙手抱住膝蓋，露出空靈的眼神、看向遠方，散發出淡淡憂鬱的模樣。

不能讓她被圍住。

我把雙手放到嘴邊，做出放大聲音的姿勢，大吼道：「那邊有鯨魚！」

鯨魚當然是假的，趁著所有人的視線轉向觀海亭的幾秒，我拉住白宣的手，一個箭步往我們的腳踏車衝去。

「白宣，快衝啊！」

「透光……」

「別說話，拉著我。」

「嗯。」

白宣任憑我牽著她的手，一路狂奔至腳踏車邊。

我們踏上腳踏車，一路騎回旅館。

「哈哈哈哈哈……」白唯聽到後面一直在笑，最後被迫從欄杆上跳下來，扶著欄杆笑著。

她用手指抹掉眼淚，笑得非常誇張。

「不是我要說，柳透光，你還滿會的啊。」

「……」

「哈哈哈哈，不知道我姐是怎麼想，居然有人幫她突破粉絲的重圍，霸氣地帶著她逃跑。哇，聽到我都羨慕了。」

「少來了好嗎。」

我不屑地對白唯吐槽。

她倒也沒反駁我的意思，漸漸停止了笑聲，但十分青春的笑容還在。

「我整理一下。你們走出小長城，被粉絲圍住的前半段——不能自由自在地旅行，即使不是為了拍片，還是會被狂熱粉絲打擾，我姐是為了這點難過。」

「對。」

白唯沉思了一下。

「你們那趟綠島的旅行，還有其他我姐可能難過的事嗎？」

「沒有其他了。」

「好，那我去小長城一趟，找找看有沒有瓶子。你去餐廳找找，姐姐跟商家通常關係都很好，說不定瓶子放在老闆手上。」

「分頭行事嗎？」

我隨口問道。

白唯抬頭看了一眼越來越暗的天空，聳聳肩。

「你想要跟我去小長城也可以啊。」

「不用了，妳去吧，我去餐廳找找那個瓶子。反正瓶子應該是在餐廳裡或小長城的某處，分別進行也好。如果白宣是今天才確認我們在綠島上，線索也是今天放置的，那說不定會被人拿走。」

「我也擔心這個。晚點在那間餐廳見面，我順便回旅館拿一下面具。」

協議達成。

白唯把吃完的飛魚丟進垃圾桶，輕巧地踏上腳踏車。方向相反，我對她揮了揮手，說道小心安全。

凝視著白唯離去、慢慢縮小的背影，白宣的文字重新閃過心中。

——「那趟旅行之中，我最難過的時候、與最吸引你的時候，分別是在哪裡？去找找，那裡我各藏有一個收藏瓶，看看瓶子裡的東西。」

「收藏瓶啊。」

說到底，為什麼特地用收藏瓶，也是一個問題。

但暫且擱下吧。

在朝日溫泉找到的收藏瓶中，裝有金色的沙子。

在小長城或擅長鬼頭刀魚料理的餐廳中，大概會找到另外一個瓶子吧。白宣，妳對我出這道題的意義，又是什麼吶？

是在暗示妳消失的原因嗎？

為什麼？

我截斷思緒。騎上腳踏車，前往鬼頭刀餐廳，從西方而來的海風吹拂著我。公路上旅客稀少，我的右手是山、左手是海，非常貼近大自然。

傍晚，海風漸漸變冷。

日夜溫差大，但還在可以承受的範圍。

我一個人騎向鬼頭刀餐廳。

在晚餐時間以前抵達，裡面還沒有幾個客人。這間餐廳雖然不是特別大，但也有快五十個位子，要在店裡走來走去、四處搜索不太可能。

要直接問老闆嗎……好像又有點奇怪。

我在門口徘徊時，反而是老闆主動找上了我。

「你好，是柳透光先生嗎？」

「咦？對，我是。」

「白宣，前幾天請我把這個東西給你。」老闆慎重地把一個約手掌大的收藏瓶交給了我。

我伸手接過，小心地在手上端詳。

「謝謝。」

「不用客氣，白宣對我們餐廳幫忙很大。她之前在粉絲團寫的推薦文，讓我們的客人多了一半。」

「是喔！」

那趟旅行我也有來，也是在這裡吃晚餐。

「她送你的好像是旭蟹的紙雕。既然是白宣的伙伴，你要在這吃晚餐的話，我送你一隻清蒸旭蟹。」

老闆豪爽地許諾。

「我剛好就要在這裡吃，不過要先等人……謝謝！」

「那我先送杯飲料給你。」

再次道謝，我拿好瓶子走向餐廳的窗邊。

老闆剛才提到旭蟹，沒錯，在瓶子裡的紙雕確實是一隻旭蟹。

是東海岸一帶的常見螃蟹，當然綠島這樣的離島也有。牠長得很特殊，頭部很大、身體尾段反而比較小，兩隻螯也偏扁平，像是青蛙。

旭蟹。

這是第二個線索？

金黃色的沙子，是在暗示沙岸？

臺灣的東海岸雖然沙岸比較少，但臺東一帶還是有許多沙灘。加上第二個線索——旭蟹呢？意義不大，也只能確定下一個目標在東海岸。

範圍還是太大了。

我用手抓抓頭髮，把瓶子小心地立在桌上。

第一個瓶子裡，還有其他的東西嗎——不太可能，像我眼前的瓶子裡，就只有一隻旭蟹。

放兩個線索，難免會失焦。

老闆送上一杯普通的紅茶，我喝著紅茶，跟老闆要了一份旅遊地圖。

在等白唯來之前，我在地圖上畫著紅圈。

將東海岸上出產旭蟹和有金黃色沙子的區域，統統標注起來。

大概忙碌了約半小時，我抬頭看向窗外，天色真的變暗了。餐廳裡的客人幾乎坐滿，喧囂聲、吵鬧聲充斥在耳邊。

白唯終於走進店裡。

「這裡、這裡。」

回旅館一趟的她，換上一件橙色的薄運動外套，黑色膝上襪也換成了黑色的短襪。

白唯綁著馬尾，加上她穿的衣物，像極了青春洋溢的女高中生。

她的臉蛋上戴著一個白色的狐狸面具，說實話，那個狐狸面具很可愛。她很快發現在窗邊的我，快步走了過來。

背對櫃檯與出入口的方向，她坐了下來，動作神速地摘下面具。水靈靈的雙眼與我對視了幾秒，我注意到她的眼皮下方有些濕潤，是面具裡不透風，太熱了吧。

「呼，我第一次戴這種東西。」

她稍稍喘了口氣，重新戴上面具。

那個面具在嘴巴處有開洞，可以直接吃飯不會有影響。

「妳辛苦了。」

「沒辦法，誰叫我的雙胞胎姐姐是超紅的Youtuber。平常上學因為是住宿制的學校，影響不大，但來到觀光景點，又是餐廳的尖峰時刻……低調一點比較好。」

「辛苦辛苦，我幫妳倒一杯水。」

我倒好水後，放在她身前。

她的表情隱藏在狐狸面具後方，但聲音聽起來有點開心。怎麼有一種，小鬼即將惡作劇的預感。

「嘿，柳透光。」

「嗯？」

「如果我在這裡把面具拿下來，一定會被很多人誤認成是我姐吧？」

「妳絕對會被圍起來。」

「那你也會幫我開路嗎？這次不能說鯨魚了，要說飛碟？」

「……」

原來妳在想這個！

白唯狡黠地笑了笑，有一瞬間，我真的擔心她會脫下面具，只為了看我會不會也幫她開路。

「回答我啊。」她催了聲。

我略微僵硬地點點頭，可惡，還真的有點羞恥吶。

「會，我也會幫妳開路，讓妳闖出去。」

「哈哈，我相信。」白唯聽到滿意的答案，滿足地笑了。她喝了一口水，從小包裡拿出一個瓶子。

「這是在小長城的觀海亭裡，找到的收藏瓶。」

「咦？妳那邊也有？」

「我那邊找到不是很正常嗎？」白唯難掩詫異。

她反應很快，立刻猜到我為何這麼說。

「難道，你這邊也找到了？」

「對，白宣直接叫老闆轉送給我。」

鬼頭刀的老闆就是白宣為了不與我們接觸、通訊，所委託的外人。

我拿起放在桌子角落的收藏瓶。

白宣的文字提示中，綠島旅行裡，她最難過的地方藏有線索。結果在觀海亭與鬼頭刀魚餐廳中，都發現了收藏瓶。

白唯接過瓶子，觀察了幾秒後，她確認似地問道：「這是……某種螃蟹的紙雕？」

「旭蟹。呃，臺東一帶、離島比較常見。」

「你怎麼知道的啊？」

「白宣教過我。」

「……跟我想的一樣呢。」白唯以微妙的口吻說道。

仔細一想，白宣跟我說過好多好多事。在旅行中，我也跟著白宣學過很多關於野外生物與生態的知識。

還有對美食的理解。

白宣一不在，這些知識立刻顯現出價值。

我有了一個人獨自旅行的能力，這是白宣不在，我才體認到的事實。

「妳呢？從觀海亭那裡找到什麼？」

「吶，給你看。」

白唯把瓶子放到桌上。

一樣約莫手掌大的收藏瓶裡，有一座看不出製作材料、中古世紀歐洲的城堡。金黃色，不是紙雕。

四邊高高的城牆，中心點則有一座塔。

是袖珍城堡。

「城堡……」慢著，我不懂。

「我找到之後想了很久。」白唯頓了幾秒，輕聲說道：「柳透光，金黃色、城堡外牆幾乎沒有花紋，是不是表示它是一座沙堡啊？」

「沙堡？白唯……」

我張大嘴巴，心跳加快，心中的喜悅根本壓抑不住。

沙堡。

旭蟹。

金黃色的沙子。

白宣在綠島留下的線索，聯想之後，下一個要去的地方已經呼之欲出。

白唯太重要了！

「白唯，妳常常看白宣的 Youtube 頻道嗎？」

「常看，我算是微粉絲。」

「那妳看過旭蟹那一集嗎？」

「看過，喔，這樣一說那個紙雕的確就是旭蟹！姐姐跟你一起抓了一隻旭蟹，你們清蒸來吃——野外廚房系列。我記得，怎麼了？」

白唯坐在椅子上的身子，稍稍探前。

我呼出一大口氣，讓自己稍微平靜。

餐廳周圍的聲音很吵雜，但沒有影響到我現在的思路。

目標明確。

我緩緩說道：「沙堡、旭蟹、金黃色的沙子。三個線索綜合起來，在有金黃色沙子的沙岸上，有旭蟹出沒——還要有一座沙堡。」

白唯點點頭。

「沙堡我知道在暗示哪裡。拍完旭蟹那集的影片後，我跟白宣去更外側、沒有人煙的沙岸上，一起蓋了一座沙堡。」

回憶太過鮮明。

猶如濃厚水彩的筆觸，由黃到紅的漸層光彩一一畫在白宣身上，她沐浴於夕陽之下的畫面，美得讓人傾倒。

收藏瓶中的沙堡，是那段旅行裡印象最深的事。

遠比野外廚房的影片製作還要深刻。

我永遠記得第二天返回北部前，夕陽籠罩的沙岸上發生了什麼。

深藍色的海洋、暖橙色夕陽、金黃色的沙岸。

海市蜃樓般虛幻的沙子城堡。

閃耀光芒的白宣。

在那裡，白宣曾經像女王一般踏進城堡中。

白唯把雙手抱在胸前，低垂著頭。她身後的馬尾，被她拉到胸前，撥弄著尾端。她的髮長，跟白宣差不多吧。

「聽起來沒錯，那下一個線索就是在東海岸，你們拍影片的地方嗎？」

「嗯，那裡她可能又蓋了一座沙堡。」

找到沙堡。

追尋白宣的線索就在那裡了。

白唯對我的推測拍拍手，說道：「我們算是破解綠島這關了嗎？」

「算是。」

「那你要開心點啊，柳透光！」白唯用手戳戳我的額頭，「好難想像，我們一天就破解了姐姐留下的謎題。」

白唯得意地笑著。

不同於白宣習慣的微笑、淺笑、淡笑，反正就是從來不發自內心地大笑，像背後蘊含著什麼情緒一般。

白唯的笑容多半都很直率、大方。

謎題不難。

更像是踏上白宣曾經的足跡。

她沒有要為難我們。雖然我還不懂白宣為什麼要消失，為什麼要我們去找她，但她也希望自己能被找到。

每一個接近她的線索，都有其意義。

這趟旅行會找到多少線索？

白宣又附加了什麼期待，在那些線索之上？

我揮揮手，招來服務人員。

「我們明天出發去臺東。現在，好好大吃一頓吧。」

「大吃的話，我想吃餐廳外面畫著那種魚，那是什麼啊？」

「鬼頭刀。」

「聽起來好凶。」

鬼頭刀的魚體是銀白色的，身上有斑點分布在側邊，色彩鮮豔。有藍、有綠。在海上游動、加上陽光的照射，一群群鮮豔的鬼頭刀，宛如一條移動中的藍紫色星河。

「都點、都點。」

「真的嗎？」

「妳姐有分我一些鐵粉的贊助，說我也有出現在影片裡，拿一點報酬很合理。我沒有使用過，用那筆錢出就好了。」

在鬼頭刀魚餐廳，我再點了白宣覺得普通的香煎鬼頭刀。

吃起來還是很棒，肉質扎實、外皮酥脆。

「這一道菜，就是我第一個故事裡說到的，白宣不喜歡的菜。」

「香煎鬼頭刀？」

「對，妳吃吃看吧。」

「聞起來是真的很香，我看附近每一桌客人都有點……我來吃吃看。」白唯用叉子叉向鬼頭刀。

我特地觀察她吃下之後的反應。

雖然她的表情隱藏在狐狸面具之下，但她吃得很開心。

該怎麼說吶？

這一對姐妹的個性，截然不同。

晚上，回到房間。

旅遊一天、四處奔波所累積的疲倦感頓時湧起。但接下來要去的地方是東海岸，我想要重新看一次當初白宣拍攝的 Youtube 影片。

強忍睡意。

我打開 Youtube，點開了白宣近一個月沒更新的頻道。

開始看起她拍攝的東海岸影片。

熟悉的身影在螢幕上活躍，真實的身影我卻久久未見。覺得難過。

不意間，我睡著了。

久違地作夢。

夢裡，想起了一段收藏於心中的回憶。

我與白宣一起到東海岸拍攝影片時的記憶。

印象中，那一天絕美的夕陽即將西落時，我和白宣撇開了負責拍攝的王松竹，一起走到更偏遠無人的沙岸。

在那裡，我們堆起了一座沙堡。

「妳想跟我說什麼吶，白宣。」

白宣淡淡皺眉的模樣在我腦中浮出，我想起來沒有剪進影片裡的對話。

我們就坐在沙堡旁邊。

剛拍完影片的白宣，似乎有點憂鬱。

坐在我身邊的她，雙眼望向海洋彼方。夕陽穿透雲層時，暖橙色與黃色揉合的美麗漸層，映照在她的瞳孔之中。

她稍稍嘆了口氣。

那幾乎微不足道的嘆息，本來應該隨著海風淡淡地消逝，不留下任何痕跡。

但被我看見了。

絕大多數的人都不會選擇在這時候追問，那等於闖進別人的內心。現在回想反省，當時我是否太過自以為是？

「妳不開心嗎？」

「……」

白宣靠向桌面上，單手支撐自己的側臉，露出神祕而曖昧的淡笑。

「我開不開心，對你來說重要嗎？」

「倒也不是，好奇而已。」

「如果誠實地說重要的話我還有可能回答你。」

「那姑且算是重要好了。」

「你這樣不夠坦率。」

「重要。」

「重新組織一次，說給我聽。」

「為什麼？」

「我想聽。」

「妳開不開心，對我來說有點重要。」

「雖然不太心甘情願，但透光你勉強算是說了。讓我想想，我開不開心？不知道欸。有部分的我其實很開心，但有部分的我，不快樂。」

白宣往後一靠，自然地伸手撥順因風而散開的栗色長髮。長髮飄逸，露出她白嫩的額頭與清秀的雙眉。

「透光，我這樣問你好了。」

「說吧。」

「在你最脆弱、最難過的時候，心中想起來的人往往是你最依靠、最喜歡的人。你心中的她，是什麼樣的形象——不用說出來。」

「……」

無須思索，我知道答案。

是蹲在森林裡拔野菜、在夕陽餘暉籠罩之下釣著魚，永遠光彩耀人的白宣。

是那個能透過旅行，感動人心的白宣。

我聽從她的要求，沒有說出心中的答案。

太陽終於徹底西落，海風捎來冷冽的氣息，又有點冷了。

白宣注視著我。

「你心中的答案，有了？」

「嗯，有了。」

「那就是我的回答。」

我不知道該回什麼。

白宣不再說話，她無瑕的臉蛋上盡是難過，只是沒有哭出來而已。

那瞬間我明白了自己的恐懼。

眼眶泛紅、泫然欲泣的白宣，要是真的出現在我眼前，我會怎樣吶？

「先這樣吧。」

冰冷的簾幕，緩緩隔開。

即使就坐在她的旁邊，我仍與她有段難以言喻的距離。

白宣拉起淡灰色的外套帽子，蓋住自己的頭髮。接著，她把雙手插進外套口袋。隨著她的視線越過我，望向我身後的海浪，我略顯無力地站起身。

能說什麼？

我也不知道了，甚至無力思忖。

我在心中記下白宣所說過的話語。

——「在你最脆弱、最難過的時候，心中想起來的人往往是你最依靠、最喜歡的人。你心中的她，是什麼樣的形象。」

「白宣，妳那時候為什麼那麼難過吶？」我喃喃自語著。

這個疑問，根本得不到解答。

能給出答案的人，此刻並不在我身邊。

早上了，這是我與白唯在綠島度過的最後一天。

我走到窗戶邊，一口氣拉開窗簾，拂曉的光芒微弱地照入室內。身處綠島，早晨的空氣很清新。

我約了白唯一起去吃早餐。

「想去泡溫泉嗎？」

「很想。」

白唯坦率地表達了意見。

趁著還早，我們在離開綠島前去了朝日溫泉。在人比較少的岩石區泡溫泉，這次白唯沒有戴上面具。

沒有多少人看到她，更不會有人認錯她了。

她換上泳裝。那是一件白底、淺藍色橫條紋的比基尼，胸前的設計有一個蝴蝶結，像極了典型的水手服領結。

自然地展現了修長的手臂與長腿。

她心滿意足地泡了一個小時，我們才搭上綠島港口的船，準備回到臺灣本島，位於臺東的富岡漁港。

「所以我們到底要去哪？」在名為綠島之星的船上，白唯好奇地問道。

「東海岸呀。」

「整個東海岸那麼大，而且臺灣東部比較多是岩岸吧，哪裡有我姐留下的那種細緻的沙子？你們那集影片，到底是在哪裡拍的啊？」

我睜開原本閉著的雙眼，看了她一眼。

在海上行駛的船隨著海浪波動著，只要浪一大，就像是在坐雲霄飛車似的。在還沒有頭暈之前，我回答了白唯。

「仔細來說，是在富岡漁港北方的杉原黃金海岸，以及更北一點點的富山復魚區之間，那裡有一片沙岸，東海岸少見的沙岸。」

杉原、富山復魚區可能比較少人聽過，位於富岡漁港附近的小野柳與加路蘭海岸，就比較多人知道了。

「一到港口，港口外面就有接駁車了。我們要去的民宿，離杉原沙岸不遠。」

「知道了。」

船越來越晃，白唯也不再說話。

CHAPTER 3

如星光閃耀的妳

「聽海的聲音」，是位於臺東北部的民宿。

那是鮮少人知的海岸，符合白宣的頻道初衷，介紹一些較少人知道的景點。

「白宣，等我啊。」

穿著灰色天竺連帽外套的白宣聽到我的呼喚，停下了腳步。她把帽子往後一摘，露出一頭漂亮的栗色長髮。

她回過頭笑著說：「就在前面而已。」

我順著她的手往前一望。

一棟漆成白色、四面設置落地窗的民宿出現在眼前。白色外牆、白色屋頂，整體風格簡約明亮。

有種透明的感覺。

外牆上畫著很多貝殼，也請來插畫家在木製的看板上繪製了可愛的螃蟹圖騰。

民宿蓋在海岸旁邊，僅隔了一條道路。

「走吧。」

我們推開掛有風鈴的大門。

風鈴捎來清脆悅耳的聲音。

進門前，白宣說道：「這間民宿的老闆夫婦是我的粉絲，他們一直很推薦我來這邊玩玩，我也查了關於這一片海岸的資料……所以才來這裡。」

「妳來是想拍影片介紹這片海岸吧？」

「對。」

白宣只回了我一個字，踏著俐落的腳步走向櫃檯。

年輕的老闆娘走了出來，熱情地與白宣握手。

粉絲。

而且算是鐵粉那種。

從他們的對話裡，我瞭解到老闆娘夫婦不僅經營著民宿，也組建了這一帶海岸的巡守隊，試圖保護這片海岸的乾淨。

登記入房時，我看見白宣只拿了一串鑰匙。

「咦?白宣，妳只訂一間啊？」

「反正我們是要一起玩的，我覺得沒關係。」

白宣很平靜地回應。

好吧。

進入房間，跟一般的民宿類似，不像旅館那麼豪華，但該有的設施都有。

還有一扇面對海岸的落地窗。

兩張大床，呼，至少白宣可以自己睡一張。

我們把行李放在房間後，白宣坐在床邊，單腳伸到床上，脫下了鞋子與襪子。手順著光滑的腿部曲線前進著。

她換上不怕進沙的拖鞋，走出了房門。

簡直迫不及待。

走出民宿，跨過道路就能看見無盡的金色沙岸。大海、海浪拍打的聲音。海浪退去，海風呼嘯而過，帶來鹹鹹的氣息。

夏天是旺季。

秋天時，這裡的旅客並不多。

也好。

道路旁邊的柵欄處，設置了露天咖啡席。

白宣揮揮手，示意我走到她身邊。有幾位旅客在那裡喝著咖啡、看著海岸。秋天，和煦的陽光一點也不刺眼、燥熱。

白宣走向海岸入口。

「我在等你，透光。」

「……」

「過來啊。」

「喔、喔，好。」

她回頭一望，輕聲催促，我連忙快步跑過去。在等待眼前的機車通過後，我穿過馬路，站到白宣身後。

越過白宣的肩膀，我看見了連綿的沙岸與大海。

海面上光芒閃耀著。

閃亮。

注意力轉回眼前，淡栗色的髮絲，占據了我的視線。

白宣漂亮的雙手繞到後頸，解開馬尾。漂亮到不可思議的栗色長髮，隨著風向一旁散開。

細嫩後頸和光滑的肩頭跟著露了出來。

隨風飄逸的長髮看上去滑順無比、散發著淡淡的水果香氣。點點光芒，從髮絲縫隙間穿透。

剎那消滅，閃爍。

她穿著米色熱褲，露著一雙光滑白皙的長腿。

實在太美，我看傻了眼。

看到這裡，我忍不住按下 Youtube 的暫停鍵。

天啊，原來從螢幕上看是這種感覺嗎？

地點是富岡漁港。

我與白唯剛剛下船，正坐在港口外面的候車亭，等待前往杉原沙岸的接駁車。趁著空檔，理所當然要看看關於白宣製作的東海岸影片。

對於尋找白宣的蹤跡，一定有所幫助。

「你暫停幹嘛？」

「……」

「哇，不會吧?柳透光，你在我眼前，看我姐看到入迷，覺得太美乾脆按下暫停啊！變態，死變態！我在這裡耶，身為雙胞胎妹妹我是不是該擔心自己的安危？」

「繼續、繼續。」

一時忘記白唯就在我身邊了。

她是白宣的妹妹。外表一模一樣的雙胞胎妹妹。

「妳不要在那邊抹黑我喔。」我以不講理的語氣反擊，並按下繼續播放。

白宣轉過身。

「透光，你來過這裡嗎？」

「這一片海岸沒來過。」

「我們先去觀察環境，看能不能遇到幾隻螃蟹。」

「到底是什麼螃蟹啊？」

「當地人把牠叫做倒退嚕，因為牠都倒著走路。」

「倒著走路？」

「是啊。也叫做旭蟹，是東海岸這一帶的常見螃蟹，離島也有。牠長得很特別，頭部很大、身體尾段反而比較小，兩隻螯也偏扁平，很像青蛙。」

白宣毫無停頓地解釋著。

她有做過功課，對旭蟹非常瞭解。

我記得當時心裡的想法。

——哈哈，這一次白宣出來製作的影片是野外廚房，也就是說，我有機會吃到白宣親手做的旭蟹料理了。

終於我們踏上了沙岸。我跟白宣一樣，換上了拖鞋。

「透光，借我扶一下。」

「嗯？」

白宣用單手扶住我的肩膀，稍稍彎下腰，一頭長髮如瀑布般落下。

她單腳懸空、膝蓋上舉，單手脫下拖鞋，另一腳也是如此，她把拖鞋暫時拿在手上。

「難得來一趟，我想踩踩沙岸。」

「我也想踩。」

白宣裸露的腳丫子，踩進沙岸，陷入了沙子裡。

我微微一笑，跟她一樣脫掉了拖鞋，我們把拖鞋放在海岸一角。然後，往前方開始走去。

赤腳感受著沙粒。

能像這樣與白宣並肩走在海岸上，我的內心湧起一股溫暖的感覺。那也是滿足的感覺。

秋高氣爽，在這麼舒服的天氣裡旅客卻不多。還是太少人知道這裡的美了。

「這裡的沙子很細。」

畫面朝白宣的雙腿拉近，這一定是松竹故意特寫。

「嗯，踩起來很舒服。」

「完全沒有垃圾。環境保護得很好，有人會在道路上宣導小心路過的螃蟹，也有人定期清理沙岸上的垃圾，這一帶的人都很照顧這片沙岸。剛才民宿的那對夫妻，是這一代環境的保護者。」

「保護者？」

「嗯，他們成立了一個保護海岸的組織。」

「我有聽到你們說話。」

她點點頭，雙手束於身後，悠哉地說道：「跟看到的一樣，來這裡的旅客不多，民宿的老闆也很歡迎更多人來這裡玩。一起踏著臺灣的東部沙岸，也可以抓螃蟹。」

說完，白宣期待似地望向拍打上岸的海浪。

這是白宣拍影片的目的之一。

她想透過 Youtube 影片，敘述各地風景的美好，也告訴世人，有一群人正在保護這片美麗的沙岸。

白宣做的影片是有意義的，此刻我無比堅信這一點。

白宣凝視著沙岸，一步一步往前踩著。

她裸露的腳背，時不時被沙子掩埋。

熱褲以下裸露的大腿根部細緻無比，延伸的膝蓋處毫無暗沉，形狀漂亮的小腿，到纖細的腳踝。

海風吹拂著我們，放眼望去，是一片淡黃色的沙岸。

我抬頭看一下天空。

有幾片白雲，適時地遮住了陽光。

「白宣，妳為什麼要一直看自己的腳啊？」

「不是你一直在看我的腳嗎？」
「咦！」
「你以為我都沒有發現嗎？」白宣把手搭在我的肩膀上，明亮的雙眸狡黠地望著我。
「……」
螢幕裡的我臉都紅了。
現在看著影片的我，臉也有點發熱。
「好啦，不鬧你了。」白宣旋即笑了出來，「其實我是在找螃蟹啦。」
「找螃蟹？看沙子裡嗎？」
這讓我頗感驚訝。
「嗯，倒退嚕是傳說中的螃蟹，平常都躲在沙子裡。倒退嚕這幾個字，也是形容牠常常倒退往沙子裡鑽。螃蟹的顏色畢竟和沙子有差，仔細看是可以分辨出來的。」
鮮紅色的螃蟹。
金黃色的沙子。
我對這種傳說中的螃蟹越來越好奇了，很想看見活生生的一隻。
「好，那我也來找。」

「透光，我們來比賽吧？」

「比啥？」

「看誰先發現第一隻倒退嚕。贏的人……就完成對方的一個心願。限定在回臺北以前要使用，認真的心願。」

「認真的？」

「對，你想要光明正大地看我的腿多久，都可以喔，想摸也不是不可以。」

「拜託，妳不要在那邊理所當然地抹黑我好嗎？」

「咦？我是在抹黑嗎？」

白宣刻意露出納悶的表情，隨後說道：「沒問題吼？那開始了。」

「開始吧。」

坐在我旁邊的白唯又嘆了口氣。

「柳透光，你真的是變態。」

「……那個賭注明明是妳姐提議的，關我什麼事啊！」

「影片裡，你的表情也太開心了吧？」

「是因為抓螃蟹很有趣。」

「你再繼續這樣，坦白說跟你一起旅行我有點害怕耶。」

「放心吧，妳不是白宣。」

「ZZZ……」

白唯熟練地擺出不屑的神情。

我開始認真觀察著沙岸，尋找著倒退嚕的蹤跡。

低身行走，不時用手觸摸著沙堆，雙眼觀察著周圍沙岸。

倒退嚕是很聰明的螃蟹。一有風吹草動牠就會在沙子裡隱藏身影，或是保持靜止不動的狀態，沒有那麼好找。

這是一場比賽。

我們當然沒有理由繼續走在同一個地方，分別往左右散開。這裡我記得王松竹待在原地，一下拍我、一下拍白宣。

實際找起來，發現很難。

我好多次看見了某處的沙子在晃動，但當我定眼一看、往前一走，那些晃動的沙子就沒了動靜。

如果確實看見倒退嚕，以牠不算太小的體積來說，我應該可以把牠挖出來。

我大概找了十分多鐘，都沒有收穫。這部影片經過後製快轉，大概只有十幾秒，我什麼也沒有找到。

「也太難。」

我轉頭搜尋白宣的身影，發現她走向了沙岸邊的岩石。纖瘦的背影，正在岩石附近探頭探腦。

在沙岸區找了這麼久都沒有成果，莫非倒退嚕都聚集在那裡了！

我大步往那裡奔去。

細緻的沙子減緩了我奔跑的速度，何況沒有穿著鞋子。當我快要跑到岩石區時，白宣正往前彎下腰，在岩石下方看著什麼。

從背後看去，她打直的長腿正延伸到極致的長度。松竹真的很會。

「哈哈。」

白宣緩緩轉過身，面對鏡頭。

她的睫毛輕眨，細緻的臉蛋露出爽快又有點嘲諷的笑容。她把雙手捧在胸前，手掌中已經多了一隻有著橘紅色外殼的螃蟹。

「Get!」

有著扁平的螯、頭部偏大，與身體連在一起宛如是倒三角形的形狀——倒退嚕。

又稱，旭蟹。

我在白宣身前停下腳步，無奈地嘆了口氣，用手抹去眉毛上的汗水。

「嗯，妳贏了。」

「怎麼可以這麼說呢？」

她單手盛著螃蟹，另一隻手搖搖食指。

「你要說，我輸了。」

「我輸了。」

白宣的心情特別好的時候，更喜歡戲弄別人。

「哈哈，我要許的願望明天再說。走吧，回去了。民宿那邊應該有準備午餐。這隻倒退嚕，你想要摸摸看嗎？」

「好啊。」

我伸出手，接下白宣遞過來的螃蟹。

堅硬的觸感、有些餘溫的外殼、亂動時讓手感覺有點癢。抓著牠的時候，甚至有點莫名的緊張。

那是我人生中第一次觸碰到野生的大螃蟹。

「走吧，回去了。那隻螃蟹帶著。」

「帶著？」

「拿好，不要被牠掙脫了喔。」白宣叮嚀著。

午後的陽光變得更弱，雲層依舊，只是太陽一直躲在雲後。

穿著短袖低胸棉衣搭配熱褲的白宣，在海風襲來時打了一個噴嚏。

「有點冷了。看完剛剛抓旭蟹的遊戲後可能有人猜到了，這次我要拍的野外廚房，是要清蒸倒退嚕。」

白宣輕輕地說出這一集影片的主題。

畫面一暗，時間點從剛抓完螃蟹的下午，跳到隔天午後，白宣在能眺望整個沙岸的露天廚房進行料理。

我站在她的旁邊，手上也處理著一隻旭蟹。

她先是用清水浸泡抓到的旭蟹，再拿出刷子仔仔細細地刷乾淨。

我跟著她的步驟。

旭蟹事先被她擊暈了，聽她說這樣螃蟹才不會痛。她用棉線快速地綁好旭蟹，蹲在鍋子旁邊，往裡面加入黃酒、薑片與水。

「透光，你好了沒？」

「我還在綁牠，等一下。」

「要不要我教你啊？」

「我會啦。」

白宣的技術實在太好，透過螢幕觀看更是如此。

她幾秒就綁好了螃蟹腳與螯，我卻費了一番工夫才弄好。

像極了經驗豐富的大廚，白宣熟練地把兩隻旭蟹一起放進蒸鍋內。蟹底朝上，隔著水開始蒸旭蟹。

影片的最後一段，是白宣拿出蒸熟的螃蟹與我坐在沙岸的漂流木上，邊看風景邊吃清蒸旭蟹的畫面。

白宣一向不會去描述食物到底有多好吃，只呈現出畫面，讓觀眾想像。

直到夕陽。

沙岸上，閃出絢爛燦無比的橙光。

影片以極快的播放速度，呈現夕陽從出現到徹底消失於海平面的一刻。

影片到此結束。

那時的白宣，笑容真實無比。

回過神。溫和的陽光在頭頂閃耀著，天氣涼爽。

又是那一條馬路。

杉原黃金海岸前方的馬路，當初我叫白宣慢下腳步等我的地方。

往前方眺望，能看見外牆漆成白色、帶有透明感的民宿——「聽海的聲音」。外圍的木籬笆上，掛有當地拾起的貝殼串。

這裡，如今聚集了幾個小販，賣著烤魷魚、烤香腸等等小吃。

白宣的那支影片人氣超過兩百萬，幾個偏日常型的 Youtuber 在王松竹帶領下，也跟著來這裡玩了一趟。

這一片海岸明顯不太一樣了。

「這裡人比想像中多。」

「妳趕快把面具戴起來。」

「對吼。」

白唯手忙腳亂地從包包裡拿出狐狸面具，戴上。她戴得有一點點歪，我下意識地伸手幫她調整了一下面具的位置。

白唯的表情隱藏在面具之下，但她的肩頭稍微縮了一下。

我收回手。重新對自己說了一遍，她是白唯，不是白宣。

遊客變多了。

重新踏上這片海岸，我深深有感。

人數變多了，不到墾丁大街那樣人擠人的地步，但在沙岸上漫步的遊客不少。多數以年輕人、學生為主。

這是白宣當初的目的之一。

推廣這片沙岸觀光。

越過馬路，我跟白唯一起走進「聽海的聲音」。

「等一下在沙岸上碰面啊。」

白唯處理完入住手續，先走向了自己的房間。

「好。」

我正要 Check in 時，看見年輕的老闆娘從遠處走了過來。

「午安。」

「呃，妳好。」

我對她的容貌有印象，看來她對我也有印象。

「你是上一次跟白宣一起來這裡拍影片的男孩子吧？」

「對，我的名字是柳透光。」

她從櫃檯處拿出鑰匙，帶著我走向房間，路上她邊說道：「跟我來，我有些話想跟你說。」

「喔、好。」

我沒有拒絕與老闆娘的同行。

「是說，你也常常出現在白宣的其他影片裡嘛。真的謝謝你。因為白宣的影片，來這裡看旭蟹與夕陽、踩著沙岸享受寧靜的旅客變多了，你們幫了大忙。」

「那是白宣的功勞，跟我沒有太大的關係。」

「你也有在那個影片裡，不是嗎？」

「是有啦。」

「那就不用再說了。」

在抵達房門口後，老闆娘把鑰匙交到我的手上。頭快速地往左右兩側看了一眼，確認走廊上只有我們兩個人在。老闆娘雙手交握在身前，略帶猶豫，但還是鼓起勇氣地提問：「剛好你來這裡玩，我可以問你嗎？白宣怎麼了？」

「……」

「她又去旅行了？那這次的影片你沒有跟她一起去拍囉？」

「我其實不知道她去哪了。」

只知道她消失了。

甚至可能會因此變得透明，要是我沒有找到她的話。

但這件事，我能說出來嗎？

「你也不知道？那有誰會知道啊。我好擔心。」

「不用太擔心啦。」

白宣去哪裡，都可以安然地活著。

「是嗎？可是她已經快一個月沒有在粉絲團發文或回應粉絲，Youtube 頻道也都沒有回應大家。」

老闆娘面露擔憂。

我點點頭，很能理解。

對白宣這樣長期經營的 Youtuber 來說，一直沒有現身當然不合理。早就有一部分粉絲注意到這件事，擔心白宣怎麼了。

之前還能敷衍過去，但隨著時間拉長，會有越來越多人擔心吧。

我不知道該說什麼，只能沉默。

「連我私下傳給她的訊息也沒有讀，就像消失一樣。」老闆娘嘆口氣，「既然連你都不知道，或是不想說……」

她欲言又止地看了我一眼，確定我真的沒有要開口後，嘆口氣：「那也沒辦法了。」

老闆娘把鑰匙交到我手上。

「你不擔心吧？」

「我相信她會回來的。」

「那就好。等有機會，你們再一起來玩吧。」

「嗯，好。」

她慢步離去，我注視著她的背影，直到她消失於走廊彼方。

說是這麼說，我嘆了一口氣。

再一起來玩。

我也想，但這個想法太樂觀了。

白宣做過影片的觀光景點，她只會去一次。

當她去第二次的時候，現場通常都有她的粉絲。

像現在這一片杉原沙岸，白宣再來的話，網路上肯定會出現很多「發現野生白宣」的發文。

她很可能像在綠島小長城的經歷一樣，被粉絲們團團包圍。會造成想享受寧靜沙岸的旅客困擾，她自己也無法盡興。

熱愛旅行的她，因為做 Youtuber 而受到限制。

包包放下後，我走到窗邊，隔著窗戶往沙岸與海洋眺望。

這個角度看起來更明顯，沙岸上的旅客成長了好幾倍。無聊的我目測估計了一下，約莫有上百位旅客在沙岸上行走。

我在房間裡換上拖鞋，走出民宿，踏上與一年前一模一樣的道路。

故地重遊的感覺，非常強烈。

「白唯。」

「嗯？你終於出來了。」

隔著一小段距離，白唯的聲音聽起來很小。

到了這種觀光地點，又是白宣拍過影片的地方，不用我提醒，白唯沒有把狐狸面具摘下來。

我在護欄邊的露天咖啡館，點了一杯熱那堤，白唯點了一杯卡布奇諾。

「要糖嗎？」店員問。

「不用了。」白唯說。

趁著卡布奇諾製作的時間，我觀察著沙岸的旅客。

這裡的旅客跟墾丁的旅客不一樣，更多是放空心靈、放下手機，單純地想踏著潔淨的沙岸、享受寧靜溫馨的氣氛、融入大自然之中的旅客。

「走吧，一小段路而已。」

「你知道在哪？」

「當然了。」

懷有自信的我輕鬆地回應。

我們帶著溫暖的咖啡杯，往沙岸的最外緣走去。

白宣當初跟我一起蓋城堡的地方，是離民宿有一大段路的沙岸。幾乎快要脫離沙岸區了。

再更過去，是充滿礁石的岩岸。

那裡根本沒有旅客。

只有海風與海浪不斷拍打岸邊的聲音。

情侶們在沙岸上走著，留下並肩行走的二人痕跡。我們穿越了幾對情侶，離開民宿前方的沙岸，又走了數十分鐘後，我回頭一望。

我與白唯的足跡，在海岸上延伸。

「看什麼啦你。」

「……」

「如果是我姐跟你這樣走，你才該開心，我不是她。」

海風很大，海浪的聲音環繞在耳邊。

但白唯的低語還是被我聽到了。

到了這一帶，除了我們之外已經沒有其他旅客。莫名寂寞的感覺徘徊在內心，但我沒有感到難過，反而有點釋然。

我抱著疑問，踏上沙岸邊緣的岩石高地。

站在岩石上往下一望，在離海岸有一段距離的位置，我們發現了城堡。

「在那裡！」

「白宣，妳還真的來這裡堆沙堡……」

我和白唯三步併作兩步地跳下岩石，奔向那座沙堡。

沙堡看起來形狀還很完整。

我伸出手去，想觸碰白宣親手堆起的沙堡。

近距離看上去，是一座典型的歐洲中世紀城堡，有高高的四面城牆與城牆內廣闊的腹地，中心點立著一座高塔。

跟收藏瓶中的袖珍城堡模型一模一樣。

「接著，線索呢？」

我往後退了幾步，審視著城堡與周遭的沙地。

沙地一片平坦。

沒有地方可以藏東西。

心電感應一般，僅僅一秒，我猜到了白宣的思路。那瞬間，彷彿我與白宣的內心完美地重疊。

「白宣在這裡蓋一座城堡，是為了保護線索。」

「什麼？」

「所以線索是在這裡……」

我毫不猶豫地伸手探入城牆圍起來的沙地，一如當初挖掘旭蟹一般，把手深深探入沙子裡。

手指傳來偏硬的觸感。

我稍稍施力，從沙地裡挖出一個盒子。

「天啊，柳透光，你到底有多瞭解我姐。」

「也只是略懂而已。」

「是嗎？」

「當作是吧。」我微笑地說。

認真要說的話，說不定連略懂也過於誇大。

我拿起盒子，放在手上端詳。

「她蓋這座沙堡，把追尋她的線索埋在城堡間的空地裡……你根本想都沒想，一秒就找到了。你們默契也太好了吧！好閃、好閃，受不了了啦！」

我不理會在一旁崩潰的白唯。

白宣在城堡裡面，埋了一個破舊的木盒子。

大小跟手掌差不多，既沒有上鎖、看上去也沒有特別之處。我把它打開，裡面只放了一張字條。

上面是白宣輕盈的字跡。

辛苦了，透光。

記得我們一起來這裡玩嗎？我說想像女王一樣有自己的城堡，你就用沙子幫我蓋了一座，真的很謝謝你。

找齊了綠島上的瓶子，沙子、旭蟹、城堡，就可以找到這裡。

你應該重新看過東海岸的 Youtube 影片，或是想起了那段回憶。

那趟旅行裡，我問了你一個問題。

你的回答是什麼——用簡訊傳到我的信箱。我設定好的信箱，只要收到你的信，系統會自動把下一個線索寄給你。

白唯湊到我身邊，看著字條。

「問題？什麼問題？」

「讓我想想。」

我在沙岸上坐了下來，坐在沙堡旁邊。

白唯則是蹲了下來，身邊傳來她的氣息。

不同於白宣身上那抹清新、獨特的高雅香氣。白唯的氣息，有種熱帶水果般甜蜜、濃郁的感覺。

盒子還在手上，字條則被我塞進口袋裡。

白宣很理解我。她預測到了，我重新看過東海岸的 Youtube 影片，也回想起那段回憶。

我只是沒有說出來。

我只是，沒有說出來而已。

——「在你最脆弱、最難過的時候，心中想起來的人往往是你最依靠、最喜歡的人。你心中的她，是什麼樣的形象。」

半年前，白宣叫我不用回答。

半年後，她想知道答案。

這之間經過了什麼樣的心路歷程？

我拿出手機，一個字一個字地緩緩輸入。

當我最難過的時候，心中的她……

是那個在沙岸上閃耀著晴天般的燦笑、俐落地清蒸著螃蟹的她；是會在盛夏時節到鄉下摘桑椹、騎著腳踏車在田野間穿梭的她；是在高山的原住民部落裡，雙腳踩進小溪裡抓魚的她。

Youtuber。

白宣。

白唯看著我輸入這些字，沒有多說話。

我把這些想法輸入到手機簡訊裡，按下傳出。

白宣會不會馬上讀，會不會回我？

我都不知道。

「所以，她對你的提問是什麼？」

「喔，她問我——『在你最脆弱、最難過的時候，心中想起來的人往往是你最依靠、最喜歡的人。你心中的她，是什麼樣的形象。』」

「然後你那樣回覆她了。」

白唯的聲音聽起來有點猶豫，好像在思考著有些話要不要說。

「她也不一定會現在看啊。我們在綠島時，她之所以會回信，只是因為她事先設定好自動回信而已。」

「姐姐就算現在不跟我們保持通訊，沒立刻看……她之後一定會看的。」

「我的回答真的不好嗎？」

「我不知道，我又不是我姐。」

白唯誇張地聳聳肩，往後一坐，從蹲姿變成坐在沙岸上。

我用雙手抱住腿部，凝視著不遠處、一陣陣衝上岸的海浪。這個動作，是白宣的 Youtube 頻道主視覺圖裡，她的坐姿。

——噔噔、噔噔。

沒有幾分鐘，手機發出聲響。白宣傳了訊息過來。

我滑開手機，只有一行字。

「笨蛋。」

我不確定她有沒有讀，還是只是設定好的自動回覆。

躲起來的白宣，當然不會和我們保持即時通訊了。

然後是一張圖片。

風車矗立在偌大的濕地後方，背景的天空一片晴朗無雲。前景是濕地上站立著的白鷺鷥，牠們在濕地上行走，叼起沒有躲好的小螃蟹。

「高美濕地……」

我忍不住伸手揉揉太陽穴。

「下一站是臺中嗎？」我不會真的要環島了吧？白宣，這樣的話有點過分喔。

我帶走了原本埋藏於沙堡下的老舊木盒子。「走了。」

「嗯。」白唯今天話比較少。

在路過護欄邊的露天咖啡館時，我從白唯手上拿走空的咖啡杯，揮揮手示意她先穿過咖啡館的用餐區，我則開始找垃圾桶。

在我找到垃圾桶後，隱約聽到兩名店員看著白唯的方向交談道：「欸，好像又是那個女生。」

「看背影有點像是她，她又來海岸了啊。」

他們應該是認錯人了吧？

我把咖啡杯隨手一丟，迎向不遠處的白唯。

我和白唯沿著來時的足跡，原路返回民宿。在夕陽出現以前，我們回到了聽海的聲音。

晚餐是由年輕的老闆夫婦準備的露天烤肉。

民宿的院子裡，炭火的味道傳了出來。

炭火與烤肉網置於桌子中央，食材採用自助式的。

時間還早，還有許多人流連忘返於沙岸上與夕陽相伴。我放眼一看，現在用餐的客人只有一組而已。

是一對年輕的情侶。

一個偏瘦、偏高的男生，與一位氣質非常優雅的女孩子。

女孩是典型的黑色長直髮，有著一雙長腿，踏著黑白相間的厚跟鞋。

「幫我剝蝦子。」

「這是已經畢業的妳，幫我想怎麼解決委託的條件嗎？」

「是。」

我偷偷聽到幾句他們的對話。

有人戳了我的背部。

「喂，柳透光，我們去坐角落好不好，這樣我可以不戴面具。啊對了，我想回房間換一下衣服。」

「可以……好啊。」

「吃烤肉還要戴面具，太痛苦了。」白唯邊抱怨，邊走進民宿。

「那我去拿食物回來。」

「謝了。」

她的聲音從遠方傳來。

我走向烤肉區前方，發現了幾種少見的野菜。應該是東部盛產的原生種野菜，像是箭筍、飛機菜等等。

老闆夫婦準備的食材十分豐富，因為靠近海岸的關係，貝類與魚類也有不少。

蝦子、小章魚、干貝、鮮蚵，也有秋刀魚。

這裡的鮮蚵很新鮮，我拿了一把，也不知道是多少顆。

「這樣應該夠了。」

依照白唯的意思，我挑了一張角落沒人的桌子。

炭火早就生好了。

這樣的氛圍很溫暖。

傍晚、海岸旁邊、民宿的院子裡，空曠的空間裡，如果有幾個朋友一起圍著溫暖的炭火堆，烤著食材，一定會很快樂吧。

在民宿空曠的烤肉桌上，我靜靜地等著白唯回來。

回憶鮮明得不可思議。

彷彿，他們就在我眼前一樣。

那是不久以前的事嗎？

我和松竹帶著食材回到桌前，烤肉網飄散著煙霧。

穿著七分袖搭配熱褲的白宣身子前傾，夾子在烤網上繞啊繞。她在烤網上，放了三隻蝦子，翹著一雙長腿，悠閒地烤著。

「你們拿了不少嘛。」

「難得來烤肉，想多吃點當地的食物。」

「當然，哈哈哈，透光，你居然還夾了野菜。不錯，滿有眼光的。」

「這些感覺不是用烤的啊。」

「給我吧。」

白宣從我手上接過盤子，並示意我坐到她旁邊。

她沒有明說，但我看得出來。

我坐下後，她稍微捲起了薄外套的袖子，露出一截漂亮的手腕。

「學起來啊，你們兩個。以後就算我不在了，你們自己也要會煮青菜。」

「嗯。」

我心裡想著，那是不可能發生的事。

「這些不適合用烤的野菜，只能用水煮。通常拿一個小碗加一點水就好了，加一些簡單調味，至於調味嘛……」

白宣跟老闆娘要了小碗，把部分箭筍倒了進去。

箭筍，野菜之一。

外觀看來像火箭一般細長的筍子。調味部分，她切了一點奶油，還有幾片切好的南瓜。

之後她再丟了點切過的野菜進去，處理食材的手快速熟練。白宣把小碗放在烤網上，加在裡面的水開始升溫。

「學會了沒？」白宣微笑地看著我。

那時候的她，笑容非常真實。

回憶裡的畫面在眼前消散，我慢慢地烤著架上的肉片。

有人拍了我的肩膀一下。

「我回來了。」

白唯笑著說，挑了背對廣場的位置坐下。她看了在烤肉的我一眼，也跟著拿起夾子，烤起其他食材。

「肉，我想吃肉，多烤一點。」

白唯像是去畢業旅行的小女孩一樣興奮。

她回房間裡，除了放面具之外，也換了一身衣服。

她換上有著可愛藍領結的上衣，白底的衣服上有水藍色點點，搭配米色的合身棉褲，把她纖瘦的身材展現出來，頭頂上還戴著一頂沙灘帽。

情緒外顯的她十分討喜。

直到現在，我才清楚認知，這一趟旅行，從在綠島港口第一次遇到她開始，我也被改變了不少。

——你又在喝這麼苦的東西了。

——你到底有多憂鬱啊，到底？

——你可不可以不要那麼要死不活啊！

我微微一笑，不，是放鬆地笑了出聲。想起白唯認真地吐槽我的模樣，我笑得愜意。

當作感謝，我夾起一塊肉。

「來，烤好了。拿去吃。」

「謝了，我用烤好的香腸跟你交換。」

白唯自顧自地夾了一條香腸放進我的碗裡。接過我的肉片，她很快把它吃下肚，露出滿足的表情。

隨後，她發現了我帶回來的一盤野菜。

「這些蔬菜長得都好奇怪……」她好奇地把盤子拿到眼前端詳。

那裡面有許多東部特有的野菜。

最著名的就是阿美族的十心菜，包括了黃藤心、林投心、山棕心、甘蔗心、椰子心、芒草心、月桃心、檳榔心、海棗心、鐵樹心。

「這個啊，是野菜。」

「你又懂了？」

「你姐煮過給我吃。」

白宣教過我，在我眼前親手烹飪過，記憶還算清晰。

我照著記憶中白宣的動作，開始處理那些野菜。菜盤裡的種類不到十心菜那麼多，只有比較方便水煮的幾種而已。

「先處理好，調味，再用碗把它們裝起來，最後放到烤盤上去烤。」

「好吃嗎？」

「還可以。」

「那不是回答好不好吃的方式哦。」白唯盯著我看。清澈的雙眸透露出不想聽到這樣回應的情緒。

「滿特別的，好吃不好吃很看個人，我覺得普通。」

「普通喔？那我還是嘗嘗看好了！」

白唯看見盤子裡帶殼的鮮蚵，她丟了幾顆到烤盤上。

先前放置的肉又烤好了，炭火發出滋滋聲響，香氣飄散在空中。

「我已經說了，我們還在評估。」

「您這樣回答我幾個月了，基於杉原沙岸的人潮，我們公司希望能得到附近所有商家的支持，在這片沙岸上開設海上娛樂設施。」

「你們只是想賺錢而已。」

「我們是為了大家的利益著想，您是這一帶商家的老大，他們都聽您的意見。我們想設置海上娛樂設施，供給大量的觀光客，像香蕉船、海上小快艇等等，希望您支持這個計畫。」

「我老公未必會支持你們的計畫，而且……這片沙岸是以寧靜、沒有汙染著稱，你們讓大量遊樂設施進駐，就失去特色了。」

「關於這個說法……」

民宿的老闆娘在民宿前方，跟一位穿著西裝的男子對話。

他們邊說，邊移動到烤肉區附近。

老闆娘似乎很想甩掉他，但對方一直死纏不退。

白唯拉拉我的袖口。

「仔細聽，柳透光，有人想趁著旅客多的時候多多賺錢。」

「……我在聽了。」

「我姐姐一定不希望這樣。」

「嗯，我知道。」

我能想像白宣聽到此事的反應。

她一定會生氣，而且會很難過。望著曾經乾淨無比的沙岸，充滿垃圾與遊樂設施，噪音與尖叫充斥在環境裡，絕不是白宣想看到的畫面。

還有旭蟹。

整個生態一定會被破壞。

「我是覺得，您也要看看那一位 Youtuber 白宣對這裡的貢獻。她讓更多人到這裡觀光，而把利益盡可能最大化，就是當地人與商家的責任了。」

「……我們的責任？」

老闆娘不敢置信地張大眼睛。

西裝男意識到自己說到正確的點，繼續說服道：「即使他們是來玩遊樂設施，但也會踏上這片沙岸，也會住在這裡，我們可以安排套裝行程。」

「套裝行程啊……」

「這樣您與這邊的咖啡館、藝品店、餐廳合作，生意也都會越來越好。重要的是，來這片海岸觀光的人口也會更多，這是你們希望的事吧？」

「搞清楚，我們不希望壓榨這片沙岸。」

「但現在也還不到壓榨的程度，旅客還可以更多。」

「不管啦。你們還是沒有說服我，你們搬進來會改變沙岸的生態啊。再說了，如果你們公司想做，跟政府申請拿到許可就可以做了吧？」老闆娘繼續問道：「為什麼要來找我們？」

西裝男搓搓手。

「這是因為我們想跟當地的業者合作，主要是我們也不想受到抵制。但當然，如果最後談不下去，我們可能會考慮自己建設。」

西裝男大概是打出談判最後的底牌了。他說完，驕傲地直起身子。

這種人最機車了。

你們不答應，我們自己做。

年輕的老闆娘臉色頓時變得非常難看，她很憤怒，但一時間沒有回嗆。曬成小麥色的臉上，眉毛皺起，氣勢頗強。

白唯站起身。

我把她拉下來。

「妳站起來幹嘛，想被認錯是白宣，再說『我不是我不是』嗎？」

「那怎麼辦？」

白唯忍不住繼續盯向老闆娘與西裝男的方向，但她不敢太高調。

我慢慢地放下夾子。

「白唯，把蝦子烤好，我回來要吃。」

「什麼時候了還想吃蝦子，你能把那個男的趕走，我親手幫你剝蝦子。」白唯挑釁似地說道。

「妳說的喔。」

為了吃白唯親手剝的蝦子，我站起來，走向老闆娘。

最主要的一部分，是我無法忍受這片沙岸被汙染。

剛才西裝男說出「Youtuber 白宣」，可能平常是有在關注白宣的影片。既然如此，他也應該看過我。

白宣肯定不希望這裡的生態遭到破壞。

她一定不希望波光粼粼的海上，冒出許多香蕉船、快艇等設施，讓原本寧靜的沙岸，被引擎聲、尖叫聲改變。

白宣知道後一定會很難過。我不可能對此袖手旁觀。

杉原沙岸承載了許多回憶。

我與白宣第一次來的時候，民宿基本上沒有客人，沙岸上甚至只有我們兩人的腳印。旭蟹一隻隻狂妄地鑽來鑽去，豎起耳朵，就能聽見大海的聲音。

海浪拍打岩石。

海水從岸邊退去。

海鷗的尖叫、海鳥的高鳴。

沒有車聲，沒有喧囂聲，一切都是那麼美好、乾淨。

我不可以讓這裡被改變。

我對老闆娘揮揮手，她歪歪頭，看似不明白我為什麼來這裡。她很快把焦點轉回西裝男。

我說話了。

「你好，我是柳透光。」

「……呃，你好，不知道你是？」西裝男伸出手，遞出了一張名片。

「你有看過白宣的 Youtube 影片對吧？」

「對，我們公司很看重白宣，她的影片替這裡帶來了大量人潮，我們希望順水推舟把這裡的風景推銷出去，結合我們公司的水上娛樂，對大家都有好處。」

「……」他說話好順暢。

不是我要說吶。

這位西裝男的語氣與態度，在交談過後，讓人厭惡感直線上升。

白宣根本不希望這樣。

我沉住聲音，不讓自己有太多情緒。

「我是白宣的影片裡，常跟她四處一起拍影片的人，是白宣的伙伴。你對我應該有印象吧？」

「喔？」西裝男打量我了幾秒，恍然大悟，「啊啊，就是你、就是你。」

認出我了，很好。

老闆娘好像懂我要做什麼了。

「回去跟你公司的高層說，白宣反對你們的計畫，反對一切改變這片沙岸的商業計畫。聽海的聲音和老闆娘帶領的本地商店——」

「我們也不支持。」

老闆娘斬釘截鐵地說道。

「是……那個，是白宣本人的意思嗎？」

西裝男委婉地提出質疑。

我擺出臉色。

「我現在說了。如果不信的話，過幾天我請她在粉絲團上標註你們公司，再順帶說明一下你們想來這裡做的事。」

「呃……」

「可以嗎？」

「不不，不用了不用了，我會把白宣的話帶回去。不好意思、不好意思。」

「好了，出去吧！」

老闆娘在最後霸氣地結尾，把西裝男轟了出去。

等西裝男離開民宿後，老闆娘輕撫著胸口。

「差一點就被他說的話嚇到了。」

「老闆娘，妳跟這裡的商店本來就是反對的吧？」

「當然。但有些人是覺得可以稍微談談看，所以我才跟他們的代表談了這麼久。」

「原來如此。」

「謝謝你啦，我之後會跟我老公正式拒絕他們，代表我們所有本地商家的意志。你快回去烤肉吧。」

老闆娘親切地說完，輕輕地推我一把。

走回位子時，我注意到整個烤肉區的遊客越來越多，座位幾乎快坐滿了。好險我跟白唯選的位置，是在角落的小烤肉桌。

這裡的遊客是變多了，是好事，但如果會影響到沙岸……

——就是壓榨，對金色沙岸的壓榨。

「烤好了嗎？」

我一坐下，白唯就開心地拍著我的頭。

她的動作很輕，但還是搔亂了我的頭髮。

「柳透光，你真的很會耶。我姐姐一定是反對商業計畫，但她大概還不會像你一樣把對方轟走。」

「轟走西裝男的人是老闆娘喔。」

「那還不是因為你。」白唯縮回了手，讚許似地在胸前拍了幾下，然後她捲起袖口，伸向一旁剛烤好的蝦子。

袖口捲起後，她白皙、骨感的手腕也露了出來。

她用指頭輕捏蝦子，開始剝起蝦殼。她手部的動作很靈活，手指與手掌因為靠近烤盤的緣故，充血的肌膚顯出可愛的通紅。

她兌現了諾言，剝好蝦子，放到我的碗中。

「我還是第一次幫別人剝蝦子。」

我也是第一次吃到別人剝的蝦子。

白唯用旁邊的衛生紙擦了擦手，從烤盤上夾下一顆鮮蚵。

鮮蚵的殼已經撬開，露出鮮嫩多汁的蚵仔。

冬天的尾巴，到今天也差不多結束了。

打開的鮮蚵，飄散著白煙。烤肉網不斷傳來滋滋的聲音。周圍的其他旅客，聊天、大笑的聲音更是從未停下。

白唯凝視著烤網上的肉片。

「柳透光，跟你的旅行到這邊了。」

「咦？為什麼？」

「雖然我想要找到我姐，但我必須回家一趟了。這次寒假，我一直沒有在家裡待上幾天。追尋我姐的旅途如果回到北部，記得跟我說。」

「好。」我點點頭。

還是會有點落寞吶。但天底下沒有不散的宴席，更不會有從不離去的旅伴。對白唯而言，她確實該回家一趟了。

白唯湊到我身邊。

「柳透光，這幾天我很開心，這是真心的，跟你一起旅行很好玩。」

「我也是啊，跟妳旅行很有趣。」

該笑就笑。

該生氣就生氣。

坦然地把心情表現出來，一點也不隱藏，也不會假裝。是一個如晴天般燦爛、率性無比的青春女高中生。

我伸手拍了拍白唯的頭，就像拍小妹妹的頭一樣。

白唯沒有阻止我，只好奇地說：「我離開之後，你會回到之前那副要死不活的樣子嗎？」

表面看上去是一派歡樂，但她可能是在擔心我吧。

「可能會吧。」

「不可以再那樣子了。」

「我盡量試試看。」

「不錯，變得比較樂觀一點了。一定要找到我姐！」白唯雙手握拳，鼓舞似地對我叫著。

「我一定會找到她的。」

那天夜裡，白唯搭車離開了臺東。

CHAPTER 4

獨屬妳的迷惑

鐘聲鈴響。

放學了。

夕陽溫暖而不刺眼的橙色光芒灑進教室內。周圍一片靜謐，放學過後的校園，宛如隔絕於時空之外，處於永恆的靜止之中。

課桌椅的影子拉得很長。

我的影子也是。

同學早就走光了，教室裡只剩下白宣一個人。

她穿著水昆高中白色的合身制服與黑色的百褶短裙，在座位上專心地寫著稿。她不時在筆記本上快速寫下幾個字，偶爾抱頭苦思。

有時她會像放棄一樣地趴倒在桌上。

我想，她是在寫製作 Youtube 影片時使用的劇本。

真是辛苦了。

我走到學校外面，幫她帶了一杯咖啡，是她最喜歡的卡布奇諾。

卡布奇諾放到桌上時，白宣抬頭看向我。

她清澈的雙眼輕眨。

修長的睫毛、夕陽光芒下白皙無瑕的側臉、形狀漂亮若隱若現的鎖骨，與看似親暱的微笑。

這一切在我眼裡簡直是藝術品。

我拉開椅子，在她身前的座位坐下。這個座位平常是哪一個同學坐的，我並沒有任何印象。

「白宣，妳在寫劇本？」

「嗯，下一部影片要用的……還沒寫完，唉。」

白宣真的嘆了口氣。

「加油，妳下一支影片要拍哪裡？」

「高美濕地。」

「在臺中？」

「對，是臺灣最大的濕地保護區……可是我沒有很喜歡。」

「為什麼？」

白宣晃了晃頭，用食指抵住下巴，不太好意思地笑了。

「那裡人太多了。」

「咦？」

人太多居然是不太喜歡高美濕地的理由，這讓我非常詫異。但想了一想，我隱約明白了白宣為什麼會這麼說。

——追逐夜星的白宣。

這個 Youtube 頻道，是白宣為了介紹那些不為人知的祕境而創立的頻道，野炊只是結合她的個人興趣。

以這兩個主題為主。

「透光兒，看你的表情好像猜到了吧。對，就是你想的那樣。我們這一年走了那麼多地方，幾乎沒有任何所謂的觀光勝地，介紹已經有很多人去過的景點，那不是我想做的事。」

「嗯，我猜也是這樣。」

白宣不喜歡知名的觀光景點，為何要特地做一支影片出來？

我心中浮起疑問。

「那⋯⋯」

疑問還沒有出口，觀察力敏銳的白宣就意識到了。

白宣輕輕地放下手上的筆，側臉看向窗外的同時淡然一笑。

「透光兒，我之前不是有辦一個活動嗎？」

「票選的那個？」

「對，讓粉絲們票選最想要看我製作影片的景點。前幾天結果出來了，高美濕地獲得最高票。依照約定，我下一部影片要製作關於高美濕地的影片。」

白宣一臉平靜地繼續道：「所以透光，你這個星期放假，跟我一起去臺中取材、順便寫劇本、想哏吧？」

「好啊。」

在夕陽照耀的教室裡，我毫不猶豫地答應了。

「謝謝你的卡布奇諾。」

白宣用手摸摸我的頭髮，優雅地起身，開始收書包。

「要走了？」

「在這裡大概是寫不出來了，回家寫寫看好了。缺乏靈感的時候，繼續在同一個地方待著也沒用。」

「好，那我也該走了。」

我走向門邊，靠在牆壁上等白宣走過來。

白宣是過來了。只不過，是露出小惡魔般的笑容快速地往我衝來，裙襬隨著擺動的大腿搖曳，她什麼也沒說、什麼也沒交代，逕自拉著我的手腕，往走廊走去。

「哪泥，妳要對我做什麼？」

「去我家一趟。」

「去妳家幹嘛啊？」

「欠缺靈感的 Youtuber 需要一點新的刺激，就跟所有缺乏靈感的創作者一樣。透光，今天就麻煩你了。」

「……」

見我遲遲沒有回應，在經過某個轉角時，白宣把我往牆壁壓過去，迫使我背部貼在牆上。不是我不想掙脫、抵抗，而是白宣的人就在我眼前，我根本脫逃不了。

距離太近。

簡直能感受到她的溫度。

與獨屬於她的氣息。

她直勾勾地盯著我，明亮的雙眸輕眨，以近乎耳語的聲音問道：「好嗎？」

「……」剎那間我心中閃過最適合形容她行為的詞語。

白宣完全就是在作弊。

「好啦。」

「心甘情願一點好嗎？」

「好啦，去妳家我沒有問題。」

「當然不會白白請你來幫我做事，加上你剛剛還請了我一杯卡布奇諾，這樣吧，我們去買速食回家吃吧。我請你。」

白宣說完，往後退開一步，手也放開了。

呼，好險沒有在學校裡遊蕩的同學們看見這一幕，不然實在太難解釋了。

「透光，你的臉怎麼有點紅？」

我伸手摸了摸，溫度一般、加上我感覺沒有臉紅啊……啊！

「妳騙我！」

「嘿嘿。」

白宣背著書包，身輕如燕地往前飛躍幾步，回過頭說道：「繼續待在學校裡我會忍不住繼續戲弄你，快走吧。」

當天傍晚，我手上拎著速食店的袋子，白宣也抱著自己的晚餐，我們在她家門前停下腳步。

這是我第一次來白宣家裡。

這也是我成為高中生之後，第一次走進同班女同學家中。

覺得緊張。

我們一起走進門，只有她媽媽在家。

就讀全住宿制學校的雙胞胎妹妹白唯，平常不會出現在家裡。而身為導遊的爸爸，更是很少在家出沒。

「阿姨，晚安。」

「唉呦，同學好。」阿姨以看到稀客的表情望著我。

這可能是白宣成為高中生後，第一次單獨帶異性來家裡吧。我搜尋著白宣的身影，只見她已經走上樓中樓的樓梯。

「我房間在二樓，上來吧。」

「等我一下啊。」

我連忙跟阿姨說聲打擾了。

「哪會，你是會跟白宣一起去拍影片的柳透光同學對吧？我才要謝謝你一直幫我家白宣，好好跟我家白宣相處吧。」

「當然、當然。」

我跟著白宣身後，一起走上樓中樓的二樓。

二樓鋪著木質地板，踩起來很舒服，有兩個房間並列在一起。

她妹妹的房間在隔壁。

白宣的門前有一塊小牌子。

呃，我記得那是一個木雕師傅送給她的寶物。以很有勁道的手力，刻下足以代表 Youtuber 白宣的文字——追逐夜星的白宣。

「白宣，我進來囉。」

「嗯。」

我推開了門。

白宣的氣息在房間內飄散。

家具簡單，但雜物不少。

鋪著棉被的床、擺著筆記型電腦的書桌、放滿旅遊書的書櫃。偌大且透明的窗面，甚至能看見夜晚的星空。

四處旅行累積下來的小物、紀念品，隨意地放在房間各處。

堆積不下的雜物，隨意堆置在地上。

反倒有種溫馨的感覺。

白宣把筆記型電腦移動到房間中央、高度較低的小桌子上，然後席地而坐。鋪有木板的地面，直接坐在上面也沒有問題。

她把速食店的袋子也放在小桌子上，伸手拿出漢堡。

「所以透光，你去過高美濕地嗎？」

「以前去過。」

「那就好，可以一起想劇本。」

「拜託，妳都沒有靈感了，我會有嗎？」

「再想不出來劇本，我就要祈禱小精靈會在我睡覺時出來自動幫我寫劇本了。」白宣故作脆弱地摀住心口。

不愧是知名的Youtuber，肢體語言根本有到演戲的程度。

我把袋子放下，邊坐下邊說：「妳不太喜歡高美濕地，當然不會有靈感啊。」

「……」

白宣無語地盯著我看，幾秒後說道：「You know nothing，柳透光。」

「妳那樣看我幹嘛？」

我微微歪頭，表示納悶。

白宣的嘴角蠕動了幾下，暫時沒有開口。

她先是用手鬆了鬆固定領口的水藍色領帶，讓制服不再那麼緊。弄鬆領帶，也能讓她放鬆吧。

她回來之後因為我在的緣故，沒有換衣服，還是穿著學校的制服。

白宣認真地說道：「就算我不喜歡，影片還是要做。就算我沒有靈感，劇本還是要寫。高一開學、甚至更早時，一開始我只做自己開心的，但現在每天有多少人在期待我的影片？」

依照妳現在的粉絲量。

十幾萬人吧。

彼此心知肚明的數字，我根本沒有開口的必要。

我協助白宣製作影片也有一陣子了。

合身的制服前襟因鬆開領帶而稍微敞開，白宣骨感、形狀美好的鎖骨呈現在我眼前。膚質與她的臉蛋一樣，光滑柔嫩。

白宣以頗有鬥志的口吻說：「我暫時沒有靈感，即使我沒有很喜歡濕地……這個影片，我還是要為了粉絲完美地做出來。要跟以前所有影片一樣好看、更好看！這才是我身為創作者該全力以赴的事。」

「瞭解，我知道了。」

我沒有太多表情地回應。

因為我不知道該做出什麼表情。

這樣懷有信念、心有夢想的白宣固然帥氣得令人著迷，但是，身為 Youtuber 的白宣真的開心嗎？

如果愉快，白宣怎麼會時而露出無奈、迷茫的表情呢？

這個晚上，我決定擱置這個疑問。

「來吧，我們吃完來討論劇本。」

「我需要培養一下想法。」

「我來幫妳。」

白宣單手托住下顎，用食指與拇指拿起一根薯條，懸在我與她之間。她纖細的食指，在我眼前清楚無比。

要吃嗎？

可是吃了又有一種被白宣掌握、主導的微妙感覺，究竟要吃嗎？

「不要舔到。」

再無二言，我張開口，從白宣手指上吃下了那根薯條。

「吃了，要做事。」

白宣輕聲說。

「關於高美濕地，我想說的是……」

經過一整晚的討論、研讀，一連幾天的趕工，每一天放學在圖書館都燃燒著自己，白宣在假日到來前，初步寫好了劇本。

到後來她的臉色一直維持著不太健康的蒼白，EQ很好、氣質出色的白宣始終沒有展現情緒低落的一面。

這一點很厲害，也令我擔憂。

劇本完成了，很出色。

討論好劇本，大致也想好怎麼拍攝了。

剪片是最後的步驟，暫且先不去擔心。找上同校的同學王松竹，那個週末我們搭車前往臺中，目標高美濕地。

一如往常，到達目的地後，白宣就像一個詩人，能自在地描述無數美景。

即使不喜歡特地製作已經變成觀光勝地、小吃攤林立、人聲吵雜之地的影片。這一次，白宣為了實現與粉絲的約定，還是拍出來了。

她依然能將影片拍得很美。

初步拍攝完，我們兩人走到風車旁休息。

巨大的風力發電機離高美濕地遊客聚集的地方有一大段路，是在跨越濕地後方的邊緣地帶。

穿越濕地是比較快走到風車旁的捷徑。

拍完影片，白宣依靠著風車前的欄杆眺望著風景。

「辛苦了。」

我邊走向她，邊望著她隨風搖曳的栗色長髮。

手裡的咖啡交到她的手上，我也靠上欄杆。

眼前是馬路，馬路後方的遠景是一整片濕地。小螃蟹、鳥類在生態多樣的濕地上出沒，不時有大型鳥類從天而降。

雖然白宣沒有很喜歡，但這裡獨有的生態風景，確實值得做一支影片。

我吐槽似地說：「白宣，妳說妳沒有特別喜歡高美濕地，結果還拍得這麼出色。」

「當然要盡力而為啊。」

白宣理所當然地說。

「妳……」

我默默地收回話語。

白宣，這樣拍影片妳開心嗎？

白宣，這樣呈現出來的，有多少是真正的妳呢？

當為了創作而創作，觀眾跟粉絲真的察覺不出來嗎？

不意間，又是這個感覺。

白宣與我之間浮現出一道隱形的牆。

她還沒有把我推開而已。

我有很多話想說，但太過沉重的想法不適合跟剛剛拍完影片、精神疲倦的白宣說，我抿抿嘴，決意將千言萬語濃縮成一句話。

那是最真誠、也最敷衍了事的言語——

「辛苦了。」

「笨蛋。」

白宣無力地把臉埋進臂彎。

我抬頭望向天空，巨大風車的扇葉隨風轉動。

以結果來說，高美濕地的影片創下白宣頻道有史以來最高的人氣。

可能是因為濕地太多粉絲去過了。

即使不是白宣的粉絲，也有很多人點進去看吧？因為自己也去玩過，會有去同一個地方的認同感，且和白宣辦的票選活動也有關係。

高美濕地的影片，受到空前絕後的歡迎。

這讓本來就很迷茫、掙扎、有話說不出來的白宣，更失去了方向。

白宣的粉絲團，我也是管理員之一，看得到粉絲的來訊。

影片上架之後的一星期。

某個寧靜的假日。

悠閒的早晨，我看見了一位鐵粉的來訊，那是從最初白宣開始做影片時就一路關注白宣的鐵粉。

「總覺得你們在濕地上拍的那支影片，跟以前都不一樣。」

我拿著手機，眨了眨眼。

天啊。

「哪裡不一樣呢？」

白宣已經回覆了他。

「感覺在影片裡的妳，不太快樂。這支影片跟以前相比更大眾化了，不是我們這群老粉絲愛的風格，一點都不清新，我們愛的是去祕境冒險的白宣。」

「嗯。」

白宣的訊息回到這，接著她還回了一個哭泣的粉紅色兔子貼圖。

我心裡一陣震撼，確認了這個傳訊的時間。

十五分鐘前。

我把手機塞回口袋，想也沒想地往白宣家裡跑去。

現在的白宣一定很難過。

我走到玄關，正要推開門時，手機響了。

是白宣。

「白宣，妳在哪裡？」

「我在家裡。透光，你看到那個粉絲的意見了嗎……啊，你就是看到才會問我在哪裡，想來找我吧。」

「嗯，妳還好嗎？」

「我還好，你不用這麼擔心我。我回過那個粉絲的私訊了。要做 Youtuber，還做到稍微有點名氣之後，本來就要做一些自己不太願意做的事。生活也會受到限制，這些我一開始都知道。」

白宣的聲音聽上去很輕柔，彷彿透著微光的羽毛。那是能輕易走進別人內心，很有情緒渲染力的聲音。比起平常的她，更有引人保護欲的魅力。

「吶，透光兒。」

「我在。」

「你就當作聽我說說，好嗎？」

「好。」

白宣稍微頓了一下，氣音從手機裡傳出，她說道：「這次去拍高美濕地的影片，跟以前我們拍的影片都不太一樣，去的地方風格也不一樣，這件事我其實也有察覺到。以前的粉絲說我變了，變得大眾化了。」

大眾化。

旁人的角度當然說得如此輕巧。身為創作者的白宣，本來就在大眾的喜好與自己喜好兩側掙扎。

我無奈地回應：「白宣，只要是 Youtuber 或多或少都會這樣。」

「柳透光，你說的這些我都知道，早就都知道了。像我們這種 Youtuber，本來就是靠粉絲對我們的喜愛——我一開始就說過了，我們必定會做一些自己不喜歡的事，這些我都明白。

「有些人的做法是只做自己想做的創作，不管粉絲。「更多人的做法是試著平衡兩者，像是我之所以找你加入我的頻道，是因為你跟我很合，跟你一起出去玩我很快樂，粉絲們也都很喜歡。這就是兼顧兩者的做法。」

白宣一口氣說到這。

這些對於創作者而言基本的迷惑與困擾，我相信白宣早已思考過無數遍。

但那都是……

我嘆了口氣。

「那妳在難過什麼、在掙扎什麼？」

「那是因為……」白宣吸了一口氣，氣音在我耳邊迴響，她續道：「真的遇到了，才知道有多痛苦。」

說到這裡，白宣掛掉了電話。

她沒有哭出聲。

當然痛苦、那些迷惑，竭盡一生也找不到任何正解。

白宣，正迷失在打從一開始就沒有出口的迷宮之中。

「笨蛋。」

我從民宿床上驚醒。

那一聲笨蛋實在太具有真實性了，使我錯以為白宣就在我身邊。要是早上起床時，白宣真的在我身邊叫我起床……

這情節太美。

真的是個夢。

我用手拍拍腦袋，讓自己變得清醒點。

昨天烤完肉後，疲倦的我洗完澡很快就睡著了。

一覺到天明。

白唯早就搭車走了。

我暫時回到了一個人旅行的狀態，身邊沒有其他人。

我從床上起身，拿起一旁的手機。

「要去臺中的話……」

交通方式在我心中浮現。從東海岸一帶去高美濕地，最快的方式是坐火車到臺中清水區，再從清水區轉搭前往濕地的接駁車。

臺中的話，我也跟白宣去拍過 Youtube 影片。

跟們我一起去玩的人，是王松竹。

身為 Youtuber，王松竹開設了一個「廢材上的風霜菇」頻道。

他在網路社群上的暱稱是風霜菇。

不知道為什麼他認識很多 Youtuber，時常跟其他 Youtuber 一起做影片，不管是亂入、閒聊、開箱，甚至料理都有。

是很偏日系作法的 Youtuber。

很會跟人聊天的他，做那種合作閒聊型的影片也吸引了許多觀眾。

好了，如果要跟王松竹一起去的話，約在清水火車站會合似乎不錯。

我撥了通電話給松竹。

現在是早上十點，好吃懶做的他也該醒了。

「早安。」

「嗯?柳透光?」

「王松竹，你太扯了吧?不會還在睡吧?」

手機另一頭傳來他慵懶的聲音，透露出松竹還躺在床上睡覺。

看來我還是太高估他了。

幸好從臺北到臺中花費的時間，比從東海岸去快多了。

「王松竹，你這幾天有空嗎?」

「要看是什麼事，我有事要去中部一趟啦。其他地方的話，我有興趣的事就有空，沒興趣的事就沒空了。」

「關於白宣的事，有點進展了。」

「白宣的事！」

「你激動什麼啦。」我把手機拿離自己的耳朵。

「說到這個，透光，那天你去她家之後，這幾天你都沒有更新進度給我知道，到底發生了什麼？白宣她怎麼了？」

松竹的聲音聽起來急迫了許多。

他大概起床了。

尋找白宣的旅途，這件事告訴松竹大概也沒關係。

我思考了一下如何開口。

「簡單來說，白宣消失了。她要我去找她，給了我一個線索。我破解之後，找到了下一個線索。」

「聽起來很像是推理遊戲呢。」

但這並不是遊戲。

萬一沒有找到白宣，我心中漸漸有一股預感，她可能會慢慢切斷與現實的聯繫，或是遠離她熟悉的人事物。

「下一個要去的地方是高美濕地。我現在人在東海岸，就是『聽海的聲音』

這裡。」

「聽海的聲音?真是的。」松竹故意開始抱怨，「一開始不找我去，現在才找我。是發現一個人不好過了吧。」

「……」

「空虛寂寞覺得冷了吧。」

再怎樣我都不可能回答是，只好沉默。

一個人真的不太好過。

有白唯在的時候，我顯然更快樂。

「我們約在清水火車站，下午三點，好嗎?」

「行。我再睡一下，晚點見。」

我把手機放到床上。

我不是一個人啊，前幾天白唯都在。

但是一個人真的不太好過，我太習慣來到那些地點時，白宣相伴在我身邊了。

迷失在小路上，只要跟著白宣的背影。

迷失在大街上，只要搜尋人海中那栗色的漂亮長髮。

在美麗的大自然風景前迷茫時，只要跟白宣說話。

一切迎刃而解。

不知不覺間，我太依賴她了。

在這趟旅途中我應該還能有更多更多的體悟。

重整思緒。

我走進浴室，一天從此開始。盥洗完，帶上鑰匙與背包，走到聽海的聲音的櫃檯。

年輕的老闆娘收下我的鑰匙。

「要走了？下一個地方要去哪玩？對了，你昨天下午和那個女孩子去哪了？沒在沙灘上看見你。」

「去了遠一點的沙灘。」

「不想人擠人就是了？小鬼就是小鬼。」

老闆娘露出一臉看待憂鬱青年的表情。

臨走前，我跟老闆娘說：「白宣她沒有出事，我保證。可以的話，也麻煩妳將這件事散播出去，讓她的粉絲不要擔心。」

「好，消息來源說是你，可以吧？」

我點點頭。

說是我的話，可信度也會比較高。

「放心吧，我和我老公會守護這片沙岸。」民宿的電話響起，老闆娘接起電話，邊用另外一隻手對我揮了揮。

再見，她無聲地蠕動著嘴唇。

「再見。」

我離開聽海的聲音，結束了這趟故地重遊。但人生，能有幾次故地重遊？下一次來這裡，看見年輕的老闆娘夫婦，又是什麼時候了？

我在民宿外圍搭上計程車，前往東海岸的火車站。

現場買票，跟回北部一票難求、連站票都不一定有的情況不同，從屏東一帶往西部而去的票，很容易買到。

中午以前，我坐上了前往西海岸臺中清水區的火車。

剛剛睡醒的我，在火車上很快打起了盹。

下午三點，口袋裡震動的手機叫醒了我。

「到了啊。」我走下火車。

清水站算是大站，座落於原臺中縣區，產業以農業為主，很多返鄉旅客在這裡下車。剛才火車一路行駛的路上，兩側有許多農田。

走上天橋，出了火車站，我才看見悠哉地坐在椅子上的王松竹。

「午安。久等了。」

「沒關係，我也剛到而已。」王松竹的身形高高瘦瘦、留著一頭蓬鬆的短髮、髮尾稍微有一點燙捲，刻意打理成略顯凌亂、自然的感覺。

他的臉上流露著慵懶。

跟我與白宣一樣，就讀水昆高中二年級。

氣溫有點偏冷，他穿著風格鮮明的黑色長版大衣、搭配著合身的灰色千鳥紋長褲。身高很高的他，穿上這樣的衣物非常帥。

周圍有許多女性的目光投向他。

我走到他身邊。

站在他眼前，比他矮了快十公分。

王松竹淡然看著我。

「看你這憔悴的模樣，這趟旅途辛苦你了。」

「唔，謝了。」

我沒有想到他會這麼說，當他這麼說了，我反而不知道該如何回應。

一股難以言喻的感動湧起。

在我與白宣身邊，以局外人的角度觀察我們最久的人，無疑就是王松竹了。

他一定有他的觀察。

「去高美濕地以後，你有具體的方向嗎？」

「有一個地方，我想白宣可能把要找的東西放在那裡。」

「你有什麼線索嗎？」

「這則簡訊。」

我拿出手機給他看。

手機裡存有白宣傳來的訊息。

「笨蛋。」

然後是那張圖片。

王松竹把手機還給我。

「我想起來了，高美濕地那次就是白宣舉辦粉絲票選，推薦她去拍影片的活動那次，我有跟你們一起去。」

「所以我才找你，你可能記得一些我忘掉的事。」

王松竹愣了一下。

我拍拍他的肩膀，向他說不用有太大的壓力，就當作陪我走走。

像是白唯，在綠島行上就起到了很大的作用。

「反正先去濕地，你可能就找到了。」

「對。」

火車站前方，我們坐上接駁車，一路開往高美濕地。

車程很短，不到半小時就到了。

高美濕地位於出海口的位置，海風很大。變成生態保護區後，越來越多旅客前來觀看濕地保護區。

藍天白雲，天氣正好。

爬上海堤，可以眺望整片高美濕地，直到出海口與海洋。

風車在遙遠的彼方。

必須赤腳踏入水裡、穿越濕地，才能走到風車附近。

不然的話，就得從一條濕地保護區旁的大馬路走進去。

為了保護濕地生態，包括了瀕臨絕種、在此蔓延的雲林莞草，當地管理處修建了一條木棧道。

在木棧道上，隨時可以看見在濕地上爬行的螃蟹，密密麻麻。

「走吧。」

我帶著心情很好的王松竹往前走，走下堤防、踏上木棧道。

王松竹跟在我身後。

「人很多吶。」

「對啊，比上一次來更多了。」

我們往木棧道終點漫步走去。

這條木棧道通往外圍的海域，終點處可以脫下鞋子走到濕地上。穿越濕地，終點風力發電的風車是我想去的地方。

濕地的前方有著淺水。

後方則是一望無際的寬廣濕地。

很多鳥類在木棧道兩側的濕地徘徊，像是白鷺鷥、埃及聖䴉……對牠們來說，這裡有吃不完的食物。

在木棧道終點處，我脫下鞋子放在一邊。

王松竹照例地沒有動作，饒富興趣地看著我。

「欸，柳透光，我們要去哪？」

「你往遠方看，不是有一排風車嗎？我們要從濕地走過去。」

「喔……是說柳透光，你好像很積極。」

「當然，我很想找到白宣。」

「不，不是那個意思。」王松竹拿捏著遣詞，說道：「本來你就很想找到白宣，我知道。但你一開始給我的印象，感覺是慢慢地去找，失落難過地去找，深深害怕她就這樣消失、心中很憂鬱地去找。」

「……說得好像你在我身邊一樣。」

「不是嗎？」

王松竹明亮的雙眼絲毫沒眨，他甚至懶得多解釋，只簡單反問一句。

也不屑等我的回答。

因為我們心知肚明那是實話。

他拍拍蓬鬆的短髮，走向木棧道終點，手倚著欄杆，脫下鞋子。

他也要下水。

我坐在木棧道往濕地的臺階上，微微愣住。

深深害怕她就此消失、心中很憂鬱地去找白宣……本來我是這樣嗎？

可能吧，這就是白唯所說的要死不活嗎？

王松竹比我早一步走下濕地，他回過頭說：「走啊。快點找到白宣留下的線索，我想回去旅館裡龜著，今天晚上有一個我喜歡的 **Youtuber** 要開直播。」

「好啦。」

我也走下木棧道，踏進了淺水區，水深只有小腿的一半。

我們開始穿越這塊淺水區。

雙腳在水中前進，遭受的阻力非常大，水最深的時候還到了膝蓋左右的高度。

「這也太難走了。」

王松竹邊走邊發出哀號。

印象裡，白宣在這裡拍影片的時候，她穿越淺水區絲毫不費力氣，說不定有訣竅。我們吃力地抬起腳、一步步往前邁進。

「柳透光，你在東海岸是怎麼找到白宣的線索？」

「重要嗎？」

「我好奇而已。告訴我。」

王松竹用他偏軟的聲音，半帶懇求半帶命令地說道。

「綠島啊，我到她最喜歡的祕密草原時，收到了一封簡訊，似乎是白宣設定的定位追蹤，只要人到了，就會收到簡訊。裡面有提示，叫我去她最開心、最難過的地方收集瓶子，她在瓶子裡放了線索。」

「都找到了？」

「都找到了。裡面分別是金色沙子、沙堡、旭蟹……」

「瞭解，難怪你去了東海岸。」

不用等我解釋，王松竹光是聽到線索就想通了。

他繼續問：「沙堡是去聽海的聲音拍 Youtube 影片——呃，野外廚房系列——你跟白宣一起去約會時堆起來的吧？」

「我們那不算約會好嗎。」

道。

「少來了，問一百個人，一百個人都會說你們是去約會。」王松竹調侃地說

今天他根本不打算收斂了，想說什麼就說。

「那，來高美濕地這裡，是因為你在沙堡那邊找到的線索？」

「沙堡裡有一張白宣寫的紙條，我用手機回應紙條上的問題後，白宣就傳了我下午給你看的那張圖片過來。」

「我瞭解了。」

來龍去脈。

交代得清清楚楚。

講述過程給王松竹聽之後，我們也差不多穿越了淺水區。

從這裡開始，只有想深度旅遊或是想橫向穿越濕地、走到風力發電用風車附近的旅客才會來。

「你覺得白宣把線索放在風車那裡啊？」

我點點頭。

我看向遠方的風車。

那裡排列著一排巨大的風車，扇葉隨風轉動。

從白宣傳給我的那張圖片的拍攝角度看來，白宣很可能就是在我們身處的位

置拍攝的。

天空是半灰色的。

高積雲的雲朵整齊地排列著，像大片的魚鱗，四處都有雲隙光透出。

這一片濕地有很多坑洞，許多小螃蟹躲在裡面，牠們的動作非常敏捷。

往往一回頭，背後就會有十幾個洞隱約在移動著，卻看不到任何一隻小螃蟹。

這一帶除了招潮蟹外，也有萬歲大眼蟹、臺灣厚蟹、青蟹……等等，十幾種小螃蟹在高美濕地棲息。

迎著海風——最近好像一直在吹著海風，已經漸漸習慣空氣帶有鹹鹹的味道了。

點開手機螢幕，再次點出白宣傳給我的訊息。

「笨蛋。」

我看著那張圖片。

風車矗立在偌大的濕地後方，背景的天空一片晴朗無雲。前景是濕地上站立著的白鷺鷥，牠們在濕地上行走，叼起沒有躲好的小螃蟹。

離那時過了多久？

我重新踏上當初白宣走過的路，看見她當初記錄下來的回憶。

如同珍寶的回憶。

她的聲音彷彿在我耳邊響起。雖然她說我是笨蛋，但她說話時的口氣卻很親暱。

我心中緩緩浮現出那張照片拍攝時的細節。

霧漸漸散了。

雲隙光重返大地。

色彩在失去顏色的地方上被一一染上。

終於，畫面充滿了色彩。

巨大的風車矗立在我與白宣身後，我們站在位於風車前方的大馬路上。站在那裡，能看向整片高美濕地。

剛剛拍完影片，疲倦的白宣依靠著欄杆，頭靠在雙臂上。

「辛苦了。」

「笨蛋。」

白宣對我抱怨似地說道：「笨蛋。」

「到了。」我說。

「終於走到了，覺得累。」王松竹嘆了口氣。

我們從濕地走上馬路。

十座高聳的白色風車出現在眼前。

除此之外，還有一些旅客散落在風車旁拍照。

「我很肯定在這裡。」

這其中的某一座——當初白宣說我是笨蛋的位置，在某一座風車的前方，應該有她留下的線索。

第一座風車，我繞了一圈，看了看周圍，沒有發現什麼可疑的物品。

第三座、第四座……

「果然。」

預感變成真實。

隨後真實化為了期待。

這一次，白宣會留下什麼線索吶？

在某座風車後方，一如預期地找到了一個小木箱。小木箱上面別了一張紙，寫上了「笨蛋」兩個字。

「這一定是白宣留下來的線索。」

很有白宣的作風。

我打開蓋子，發現裡面有一朵花。

「是海芋。」
「居然真的被你找到了……」
王松竹詫異地伸手接過那枝花朵，不太相信地呢喃。
我當然找得到了。
除了我之外，還有人能找到躲起來的白宣嗎？要是連都我找不到的話，也沒有其他人能找到了吧？
我不由得露出悲傷的神情，轉瞬抹去。
海芋。
這個季節是暗示臺北的竹子湖嗎？也只能是那裡了吧？雖然北部也有其他地方有大片的海芋就是了。
沒關係，這之後再想。
找到線索，意味著我離白宣越來越近，也代表我漸漸理解她的想法了吧？這是這趟旅程裡，我最想確認的事。
「回去吧。」
我拿起小箱子，跟著王松竹踏上回程的路。
我們正要走回濕地上時，一名看起來是大學生年紀的男生攔住了我們。剛才我拿出海芋時，他似乎也在附近。

「請問是柳透光跟王松竹嗎？」

「……」

「……」

我與松竹飛快地互瞄了一眼。

你認識嗎？

我不認識，你也不認識？

我怎麼可能認識。

好吧。

經過眼神溝通後，我們確定都不認識眼前這位男生。

現在的我也沒有心情跟白宣頻道的粉絲交流，於是我面無表情、冷淡地稍微點了一下頭。

點頭時，我注意到男生的胸前掛著一臺單眼相機。是攝影師？還是拍影片的人？

他單薄的毛外套口袋裡，還塞著筆記本跟筆。

有點可疑吶。

但無論如何，這個比我年長幾歲、瘦瘦高高、看上去似乎因為長期熬夜不太健康，留著黑髮的男生我確實不認識。

他的髮型是將頭的兩邊打薄、中間的瀏海稍微放長，很適合他偏瘦的臉型。

他把手探入口袋幾秒，隨後若無其事地問道：「你們是在找消失的白宣嗎？」

我聽錯了嗎？

我往後退了一步。

「沒事、沒事。」王松竹小聲地說道。他就站在我身後，直接用手抵住我的後背，讓我沒有更進一步地失態。

這種時候不能流露太多情緒。

我連忙站直了身子，面對那位一語驚人的男生。

「你是誰？」

「一個正在找白宣的人。」

「先不說白宣，你怎麼這麼猜？」

只因為頻道沒更新？

長期沒有消息更新嗎？

「所以她真的消失了嗎？呵呵，我只能說，一個人的行為會說明很多事。」

男生說完，露出微笑。

那笑容說明著他看見了他想看到的事實。

他拿出筆記本，沒有打開，平靜而清晰地說下去：「寒假開始之後白宣不見了，頻道、粉絲團都長時間沒更新，接著有人在綠島看見和白宣一起拍影片的伙伴、同班同學柳透光，再來是東海岸的金色沙灘……最後則是這裡，中部的高美濕地。」

「你想說的是？」

我意識到聲音有點生硬。

沒辦法，我有點心虛。

男生進一步解釋：「有共通點。這些地方，剛好都是你跟白宣一起去拍過影片的地方，在短時間之內你特地一個一個去，這就是不合理的事。」

「……」

「你基於某個理由，才一一踏上這些你去過的景點。這些景點，跟白宣脫不了關係，對吧？」

我沒有承認，但也沒有否認。

我的腦中陷入一片疑惑。

他出現在高美濕地。

但他並沒有白宣給予的線索提示，我今天才從東海岸坐火車到清水火車站，只有王松竹知道。

那為什麼他會精準地出現在這裡？

是有人看到我來高美濕地嗎？

天啊，我長長地嘆口氣，用手揉揉眉心。

一旦有人猜到白宣消失了，而我正在找白宣……那整件事大概再也隱瞞不了了吧？我可以想像網路上熱烈討論的模樣。

當然，從頭到尾白宣也沒有叫我隱瞞。

「……讓我想一下。」

我將視線望向遠方。

越過一大片濕地保護區、後方的入口、與更遠方的夕陽。

如果是白宣的話，會怎麼做呢？

她會在意嗎？

心意已決，我淡淡地望著對方。

「你的名字？」

「我的名字是張新御，一個正在找白宣的人。」

「好，你想找的話就找吧。」

「咦？」

「至於白宣怎麼了？隨你怎麼想吧。」

再無二言，我揮揮手，轉身離開。我沒有回頭再看張新御的表情。

重新踏上濕地。

一直沒有說話的王松竹才不太放心地問道：「這樣好嗎？」

「說實話我也不知道。」

但這件事，再也沒有隱瞞的必要了。

如果白宣的粉絲想一起找消失的白宣，就一起找吧。

「走了。」

夕陽的光輝照射到松竹的臉龐上，我才發現時間真的晚了。

我們在夕陽西下前重新回到木棧道上，換上我們一開始放在那裡的鞋子。

旅途告一段落。

在高美濕地入口的前方道路上，王松竹攔下一臺排班的計程車。他一上車，像是想起什麼似地拿出手機。

我閉上雙眼，背靠在柔軟的椅背上，放鬆。

「柳透光。」

「嗯？」

「其實我今天下來臺中，不只是因為想幫你找白宣，我在臺中有一個地方想要去，你也跟我去就更好了。」

「喔？」

王松竹輕聲問道：「你聽過小青藤這個 Youtuber 歌手嗎？」

小青藤。

印象中她是一位外型清新、可愛的 Youtuber。嗓音很有辨識度，清亮、乾淨。聽她唱歌，我眼前的畫面常常是雨後天晴。

剛經歷過大雨的世界。

她在這一年崛起速度很快，訂閱數好像十幾萬了。

我點點頭。

「看起來和我們差不多年紀的那個女孩子嗎？很喜歡穿有葉子、花朵、森林、小動物圖形設計的衣服？」

「對，是她。不過小青藤高一而已。」

「那比我們還小一歲耶！我聽過，我很喜歡她的歌。」

「喜歡就好。」

「……」雖然疲倦，我還是張開雙眼，不會吧？

心有懷疑的我轉頭看向拿著手機、雙眼望著窗外鄉野風景的王松竹。

「你又認識了？」

「只是剛好認識而已。」

「每一次你都說剛好認識而已啦。」關於王松竹這樣的次數實在太多，我繼續追問：「她是你朋友？」

「不太算。」王松竹淡淡地說：「話說回來吧。總之，小青藤明天要在臺中辦線下演唱會，我想去聽聽她唱歌。」

「是喔？真稀奇，你這麼喜歡小青藤？」

印象中，這是王松竹第一次跟我推薦Youtuber歌手。王松竹露出微笑，往椅背一靠，以溫潤的聲音說道：「我喜歡她。」

「……」

「的聲音。」

「拜託……」一次說完好嗎！

「還有她高歌時忘我的身影。」

「知道了、知道了。」

我連忙揮揮手。

誤會王松竹在告白，差一點嚇到我。但我也從他的話裡聽出小青藤對他而言不是普通人。

「小青藤的演唱會是在晚上？」

「是啊。」

「那明天我也去小青藤的演唱會吧，我想看看她本人。」當作是陪王松竹去吧，他也算是陪我一整天了。

計程車往清水市區前進。

車窗打開，傍晚的涼風吹拂著我們。

窗外的空氣很乾淨。

我們在市區一間外表看起來普通、平價的旅館下車。

白宣不在的話，我們也失去了最大的贊助商。以我們的預算來說，住在這樣的旅館就差不多了。

我回到自己的房間裡，躺在床上休息。點開了小青藤的歌，並把手機丟到一旁。

ＭＶ裡的她留著鮑伯頭、鵝蛋臉、偏可愛的女孩子。

高一啊。

天生具有歌唱上的天分吧。

輕快的節奏、清新的聲線，在房間內流轉。

她的聲音很特別。是那種第一次聽到，會為此停留下來的聲音。輕柔間隱約帶了點脆弱，會激起人們保護欲那種。

她多數的歌都是書寫青春。

有著青春年少會遇到的困惑與迷茫，也有著酸甜難捨的人生與戀愛，配合她的笑容與可愛的外表，讓人湧起一股對青春的嚮往。

無論它是否已然消逝。

CHAPTER 5

邊看夜星、邊走夜路的白宣

高中一年級。

開學沒幾天，班上的同學都還在找尋著自己的朋友。已經和幾個人混熟的我，有天放學後到了學校的圖書館。

圖書館四樓。

靜謐的氛圍我一向很喜歡，夏天裡冷氣一直都開著，還設有沙發。

挑了一本小說，我縮到沙發上，邊吹著冷氣邊看著書。

「咦？」

我再次回神時，我注意到前方的長桌上，有一個穿著制服的女孩子。白色的制服，水藍色的小領帶，與黑色的百褶裙。

她的身材不算纖瘦，感覺很常運動，是健康的身材。

好像是我們班的同學。

她散發著透明而空靈的氣質，一雙眼瞳明亮無比。

她坐在桌前，專心地敲著鍵盤。

筆直的栗色髮絲偶爾垂落到胸前，她會伸手撥回肩膀後方。

她翹著腿，露出一雙穿著黑色隱形襪的長腿。她不時會輕咬嘴唇，皺起眉頭，然後用力地敲打鍵盤。

是在寫作業嗎？

可是，寫作業寫報告到火大的狀態，不該這麼常見啊？

對於那個女孩，我湧起好奇心。

接下來連續幾天，放學之後我都會照慣例坐在這裡的沙發上看書。有時候，那個女孩會帶著筆電出現，有時候則是空手而來。

她做她的事。

我看我的書。

偶爾我們會打聲招呼，但我一直在沙發上坐著，她也一直埋首於筆電。

過了一陣子。

Youtube 影音平臺——一個供創作者自由創作影片，可以上傳到網路上，獲得宣傳與利益的平臺開始流行。

很多人踏入 Youtube 創作圈，進行創作。

有一天，我在網路上搜尋關於臺北哪裡有好玩的地方、該怎麼去玩的時候，網站上顯示出推薦觀看——追逐夜星的白宣。

「白宣？」

那是一直坐在圖書館的那個女孩，我同班同學的名字。

意境這麼特別的名字，居然也有人同名同姓？想也沒想，我好奇地點進去，是一段關於碧潭的旅遊影片。

「……」

居然真的是她！

那一天，我不小心闖入了另外一個世界。

而且一去不回頭。

我熬夜把白宣製作的 Youtube 影片統統看完。

她的影片主要分成兩種類型，祕境探險——講述祕密景點為主；野外廚房——以在野外抓捕生物、現場料理為主。

我深深著迷了。

那個充滿自信、光彩耀人的模樣。

白宣的 Youtube 頻道的粉絲追蹤量約在十萬上下。小紅，但還不到說出名字會有很多人認識的地步。

隔天，我提早前往圖書館，等待白宣出現。

在教室裡我不好意思去問她，也怕她不想被別人知道這件事，要是全班同學都知道了，她想那樣嗎？

我看了一會兒書，白宣如預期出現了。

第一次，我坐到長桌的對面——白宣的對面。

她在桌上放了一臺筆電，筆電前方有幾枝筆與一本空白的筆記本。圖書館規定不能帶飲料，而她的水瓶裡是深咖啡色液體。是偷偷帶進來的咖啡。

她看見我突然闖入她的空間，拿著筆的手懸在半空。然後她緩緩放下筆，伸手把栗色的髮絲統統順向肩膀後面，露出骨感纖細的鎖骨與頸子。

「咦？柳透光，你找我有事嗎？」

直接與她對視。

我發現她的眼睛好美，修長的睫毛輕眨，穿過玻璃的微弱陽光在她的睫毛與眼睛上灑下光澤。

「我昨天在網路上，看見了一個影片……嗯，在Youtube上看到的。」

「什麼！」

「追逐夜星的白宣——在講關於碧潭的祕密旅行。很好看，所以我把全部的影片都看過了一次。」

我誠實地說完。

白宣的嘴巴變成可愛的O形，雙手貼在臉頰上，卻掩蓋不了臉頰變紅的事實，她有些害羞。

「被你看見了，好意外，你是第一個看見我的影片的同學。」

「妳做得很好看耶。」

「謝謝，我才做沒幾個月而已，還有進步的空間。」

白宣往後靠著椅子，謙虛地回應我。

我看向散落在桌上的筆與筆記本，還有幾張揉掉的紙團。

圖書館的四樓一向靜謐。

正確來說，放學過後連人影都少見，我們在這裡小聲交談並沒有被管理員阻止。

我好想更瞭解她。

好想更進一步，去接觸到昨天讓我沉迷的 Youtuber 白宣。

「所以，平常妳在這裡都是在寫劇本囉？」

「對啊，製作影片其實很花時間，不在學校裡把劇本寫好，我回去常常什麼也寫不出來，所以就都在學校寫了。」

白宣的聲音聽起來很細緻，有種清新、宛如早晨露水一般的感覺。

只是，真實的她似乎沒有像影片裡那麼開朗、燦爛。

人都有很多面向，我所看到的，不過是眾多面向之一罷了。

「以後，我可以坐在桌子這裡看書嗎？」

「當然可以啊。」

「謝謝！」

白宣不好意思地微微笑，她似乎不明白我為什麼會那麼開心。

做出那些影片的人，就在我旁邊。

從那天開始，我常常帶著書坐到白宣對面或旁邊看著。偶爾看看她寫的劇本，她也會詢問我的意見。

漸漸地，天氣變得沒有那麼炎熱，班上的大家也幾乎都找到了朋友。

同學慢慢混熟了。

我們交換了手機號碼和通訊軟體的帳號。

放學之後，也會密切地聊天。

我跟白宣的關係，在學校的往來也變得很頻繁。

有一次她寫完劇本，伸伸懶腰，隨口問道：「透光，要不要去吃個飯，吃完有時間我們再去看一場電影？」

「喔、好啊。」

嚴格說起來，那算是一次約會嗎？

我也不知道。

那天之後，我們常常在學校以外的地方碰面。白宣想給我試看剛剪輯完的影片，或是需要幫忙檢查劇本時，都會直接拜託我。

我們去過咖啡館、圖書館、人文空間，最後到了她家。

就在白宣自己的工作室裡聊著。

我會說出我對她影片的期待，還有關於新策劃的想法。

白宣的粉絲量增加得非常快速。一開始十萬、一個月後翻了一倍，最近每一天都維持數百人的增加。

白宣很開心，她最大的願望就是影片能被更多人看見。

「謝謝你，透光。」

「這是妳自己的功勞，我只是負責出意見而已。」

「笨蛋，你幫了我很多。」

「真的嗎？」

「你什麼也不懂。」

她常常說出這句話後，用雙手拍拍我的頭髮，搗蛋似地把頭髮弄亂。

班上開始有其他人發現白宣的身分。

知名 Youtuber 白宣，這個身分一傳開，學校裡很多人都知道了。也開始有老師看過白宣的影片，還參考白宣的影片去旅行。

一般來說，人紅是非多。

幸好白宣平常對人都很親切、沒有得罪過任何人，還有我們班的同學都很支持她，學校裡不曾聽過關於她的壞話與流言。

時光飛逝。

第二次段考結束。

那個下午，我們兩人在學校外面的咖啡館裡坐著。

白宣最近迷上了咖啡。

以卡布奇諾為主。

她穿著合身制服與黑色百褶短裙，任憑長髮傾瀉在胸前。桌上放了紙與筆，坐在咖啡廳裡，她自然散發著文青氣質。

她把筆放在嘟起的嘴唇上，另一隻手握著放在桌上的咖啡杯。

「在想新的劇本？」

「嘿，快要沒哏了。」她苦笑道。

「咦？怎麼會！」

「因為我一直以來都是一個人去祕密旅行，都得對著觀眾自言自語……可能，開始要有一點轉變了。」

「轉變？」

白宣拿起咖啡杯，輕啜卡布奇諾一口。

我注意到她隱藏於煙霧後方的雙眼，似乎對我露出狐狸似的笑容。

「透光，幫我一個忙。」

「什麼忙？」

我被狐狸的笑容詐欺了。

從那一次討論之後，白宣的頻道進行了第一次的風格大改變。

原先只有白宣一個人，變成固定帶上我。

多了對話、多了互動對象，如白宣所說的，影片有了更多變化。白宣的訂閱人數，一口氣飆破四十萬人。

因為一起去旅行，一起經歷了越來越多的事。

我們彼此的距離也變得更近了。

白宣也不是永遠都在靜謐的圖書館裡，迎著微弱的陽光，穩定地進行創作。也不是都在咖啡廳裡，喝著咖啡、悠然地寫著劇本。

優雅的氣質不可能一直都在，有時也會出現沒有那麼美好的畫面。

我看過她摔筆，也看過她摔滑鼠。

當她遇到瓶頸時，也會像正常人一般大吃大喝大叫來宣洩。想不到有哏的題材，會披頭散髮地在房間裡走來走去。

我看過她很多面相。

但我始終覺得，真實的白宣在另外一個地方。隔著一層冰牆或是薄霧，我對真實的她仍然不夠瞭解。

我們繼續一起出外旅行，一起製作影片。

「透光，去綠島玩，要不要？」

「去綠島？難道我們終於要去離島拍影片了？」

白宣伸出食指搖了搖。

「嘿嘿，我們只是去玩而已，不拍影片。」

「也好。」

能跟白宣一起去旅行，要不要拍影片對我來說根本沒差。我們度過了快樂的寒假，再到了青春盛夏。

白宣的頻道——追逐夜星的白宣，已經是一個廣為人知的頻道。

現在她光是製作影片，便能促進那一地區的觀光。

「你的夢想是什麼？」

「沒有仔細想過耶。」

「真的？」白宣露出不太相信的表情，蹲坐在地上的她，雙手抱住自己的小腿，「人不是都會有自己的夢想嗎？一定要實現的事？」

「那妳的夢想呢？讓更多人看見妳的影片？」

「對啊。」白宣微笑地說。

我沒有回應。

如果那就是白宣的夢想，那白宣每一天都朝夢想加速前進著。很多人看過她的影片，也都知道她了。

但是，為什麼？

白宣的追蹤人數越來越高之後，她並沒有像一開始在圖書館相遇時，那麼快樂呢？

她落寞的眼神、憂鬱的雙眼、淡淡的說話口氣，反而越來越常出現。

現在的白宣，沒有像以前那麼享受拍影片了。

隔天下午，在從清水前往臺中市區的火車上。

我們要去市區聽小青藤的線下演唱會，似乎辦在某個知名的 Live House 裡。像小青藤這樣小有名氣的網路歌手，可能會有一、兩百個歌迷到場。

「是說，松竹，昨天我聽了她滿多首歌。」

「是喔？你最喜歡哪一首？」

「〈空殼〉。」

說完我把左耳的耳機戴起。

聽著。感受著。

王松竹坐在我的右手邊，正悠哉地吃著早餐。

他斜靠在椅背上，坐在靠窗的座位，微光照耀著他的側臉。他修長的右手優雅地往前伸展，放在窗沿。

「那首我也很喜歡。」他說。

我點了點頭。

我打開放在腳下的小木箱，從裡面拿出那朵海芋。

海芋，正好象徵著青春活力。

花卉本身有一株長柄狀的莖，深綠色。頂端長出看似白色漏斗狀的花苞，花苞中間有一小根肉穗花序，是一種很美的花。

以臺灣來說，最著名的地點是臺北的竹子湖。

花季正好快要到了。

王松竹慵懶地看了一眼海芋。他伸出手，我以為是要接過海芋，但他的手在半空中轉向咖啡，拿起咖啡杯喝著。

蔬菜培根貝果好像被他吃完了。

「我知道那是海芋，所以是在哪裡?臺灣有海芋的地方應該不少吧？」

「我想是在臺北的竹子湖。」

「中南部也有海芋生長吧？」

「當然也有。我解釋一下，白宣雖然沒有拍過海芋相關的 Youtube 影片，但其實我們在好幾個星期前有策劃過，要找時間去竹子湖拍外景。拍之前白宣就消失了，我想她是要我去竹子湖。」

關於海芋的企劃我們討論了一陣子，還有臺灣櫻花的企劃。

可惜還沒有機會執行。

「反正說到海芋，你跟白宣想到的是竹子湖，那的確也不會在其他地方了。現在的時間，海芋的花季到了嗎？」

「算是到了，但還沒有盛開。」

這段我只能憑印象說，並沒有真的去搜尋資料。

記得三月到五月才是盛開期。

二月，早了點。

我輕輕聞著白宣當作線索的海芋，還殘有一點花香，很淡。為了這枝花，真不知道白宣費了多少時間。

「話說，這朵花白宣就放在你腳下的箱子喔？」

「嗯，是啊。」

「你還把箱子也帶回臺北啊。來，我看看箱子還有什麼東西。」王松竹彎下腰，把箱子拿到腿上。

那是一個樸實的小木箱，大概就兩個手掌那麼大。

放入一枝修剪過莖部的海芋，很足夠了。

王松竹打開蓋子。

一早就從清水坐上火車，我仍然有點睏意，忍不住打了一個哈欠。

「裡面不會有東西啦。」

說是這麼說，但昨天晚上我回到旅館時十分疲倦，精神、身體上都是。當時我打開箱子看見海芋，就沒有繼續確認了。

我靠在椅背上，閉上眼。

火車在鐵軌上發出咿啞咿啞的聲音。

窗外的陽光透過窗簾的縫隙，幾束光芒照耀著王松竹的側臉。火車上很空曠，沒有其他旅客。

「有一封信。」

「……」

「醒醒，柳透光，有一封信。」

「別騙我好嗎。」

「誰騙你？真的啦。你昨天一定沒有仔細看，好險我有再看一次。」

王松竹詫異地叫道，迫使我重新睜開眼。

他也沒有預料到會在裡面發現新線索，有些焦急地把淡褐色的信封拿出來。

淡褐色，放在箱子裡簡直是保護色。

「柳透光，你要看嗎？」

「白宣留給我的信，我還能不看嗎。」我嘆了口氣。

「拿去。」

王松竹把信交給我，找了個上廁所的藉口離開座位。

「白宣……」

我輕喚著她的名字，並把信封拿在眼前，用手托著。迎著微光的角度，褐色信紙輕微地反射著陽光。

這封信很輕，幾乎感受不到重量。

同時也無與倫比地沉重。

指尖在信紙上游移，思緒隨著觸感而變化。

要不要閱讀這封信呢？倘若要看，一定要現在打開嗎？我思量許久，最後決定暫時先不要看。

這封信掉了不是鬧著玩的事，我小心地把信紙收進包包理，連同那個小箱子。

幾分鐘過去。

王松竹不慌不忙地回到座位上，看了看我，露出意外的神情。

「咦？柳透光，你沒有打開信？」

「嗯。」

「為什麼？」

「也沒為什麼，只是現在不太想看而已。」

我無奈地聳聳肩。

此時此刻，我沒有足夠的能量面對信裡的文字。

即使我不知道她寫了什麼。

但，那必定是一條小路——通往白宣那冰封內心的小路。要踏上那條路前，我的心境與準備都要更好才行。

「看了之後，有什麼進展要跟我說喔。」

「好。」

接下來的旅途我們進入了一點也不尷尬的沉默。王松竹喝著咖啡，偶爾吃點隨身攜帶的零食。

我則聽著小青藤的歌。

〈速寫〉，輕快、活潑的聲音，快樂無比地歌唱著青春年紀的女孩子，如何在五彩繽紛的世界裡活躍。

當然，也有一些青春裡必然會經歷的苦澀與酸甜。

「小青藤的詞寫得真好。」

我低聲讚美。

火車停靠在某站時，松竹突然說道：「對了，柳透光。」

「什麼事？」

「之後我們都要回臺北，你下一站是要去竹子湖沒錯吧？那我就不跟了。找白宣我是有興趣，但那主要是你要做的事，我不能介入、協助你太多，那就沒有意義了。是時候了，我想要回家休息。」

「果然還是要回去當廢材了嗎？」

我忍不住笑著問他。

王松竹顯然懶得否認。

「我畢竟是出生於廢材圈的 Youtuber，很多廢材、混吃等死、好吃懶做的人在等著我跟別的 Youtuber 合作出影片。所以，竹子湖你自己去。」

「哈哈，沒關係。」

本來我也不覺得他會跟我一起去竹子湖，要他連續好幾天在外奔波，根本不可能。我還是向松竹說了聲謝謝。

「昨天在高美濕地，謝了。」

「小事，趕快把白宣找出來比較重要。」

「嗯，當然。」

「我很期待她的下一支影片啊。她要是再不出，她的粉絲群一定會暴動。」

王松竹依靠椅背，隨口說道。

他是半開玩笑，但收到那封信的我，笑不太出來。

白宣一直沒有明說，從頭到她消失之前，都沒有說過不想繼續當 Youtuber。但感覺她對於 Youtuber 白宣的身分非常迷茫。

一旦迷惘，很可能就此放棄。

在螢幕上的她。

蹲在森林裡拔野菜、在夕陽餘暉籠罩之下釣著魚，永遠光彩耀人。是那個能透過旅行的意義，感動人心的白宣。

現實世界裡的她。

會憂鬱、會幻想，會思考 Youtube 上的自己，是不是真正的自己，是一個時常迷茫、時常與人拉開距離的女孩子。

兩者截然不同。

而這點，正是最困惑白宣的地方吧？

我本想說些什麼總結自己的思緒，卻說不出半個字。

想到這裡，我將視線投向窗外遼闊的自然景色。矮矮的房屋、青綠色的草原、遠方的群山。

我是喜歡白宣，還是喜歡追逐夜星的白宣？

我閉上眼睛。

彷彿白宣就在我身邊，附在我的耳朵旁再次問道：

在你最脆弱、最難過的時候，心中想起來的人往往是你最依靠、最喜歡的人。你心中的她，是什麼樣的形象——不用說出來。

窗外風景漸漸轉換成城市的畫風，農田與森林被建築所取代。

對於白宣的想法，我還是不太明白。

她沒有想一次就交代清楚，大概是想讓我在尋找她的旅途中，慢慢地、漸漸地走近她充滿迷惑的內心。

如果是這樣，那也很好。

火車到站。

緩緩停靠在臺中火車站的月臺。

「走了。」

「好，等我一下。」

「柳透光，雖然演唱會晚上才開始，但我們先坐車去小青藤那裡吧。」王松竹拿起手提包，輕聲說道。

我跟在他身後，一起走下火車。

在臺中火車站下車的旅客非常多，我們費了一陣子才走出火車站。

「慢著，你們私底下有約啊？」

「對啊，怎麼了嗎？」

「你們果然還是很熟吧！」

「就說了，只是剛好認識而已。」

王松竹微笑地揮揮手，依然用同一句話帶過。

看來他們本來就有私交了。

他身為常與別人合作，還常常客串別人影片的 Youtuber，認識的 Youtuber 很多，這倒是理所當然。

客觀來說，王松竹是一名很會跟別人聊天、東扯西扯的人吧。很好相處，也不會無聊。

臺中火車站外頭，王松竹單手提著波士頓包，單手拿著手機。

他看了看手機，伸手攔下一臺計程車。

「柳透光，小青藤跟我說她在哪了，我們直接過去。」

「好喔。」

火車站前，人們移動的速度遠比高美濕地上的人們來得快。

坐上計程車前，我抬頭望了一眼天空。

天空的顏色顯得灰濛，雲朵也明顯變多了，說不定晚一點還會下雨。說起來，這個寒假，自從踏上追尋白宣的旅途後……

我還沒有經歷過雨天。

小青藤的線下演唱會，是開在一個藝文空間裡。專門承接講座、展覽、音樂會、發表會，兼營咖啡館的藝文空間。

在這之前我沒有實際接觸過地下音樂，也沒有參加過任何 Youtuber 的現場活動，感覺很新鮮。

我和王松竹一起走進店裡。

經過門口時，我發自內心地哇了一聲。明明演唱會的時間還沒到，但藝文空間外頭已經排了一小隊粉絲。

「人很多耶。」

「拜託，柳透光你要是和白宣一起開見面會，人數可能是小青藤的十倍。」

我低頭默然。

很有可能，畢竟是人氣非常高的白宣。

要進入小青藤預定的表演空間，特定的隊伍要從店外開始排起，時間到才能進場。應該是怕人太多，妨礙了店裡其他客人的活動。

「妳好，我和小青藤有約。」

在櫃檯處王松竹跟店員說了幾句話，店員便帶領著我們走向藝文空間裡，小青藤所在的小房間。

其實就是在她預定要演唱的舞臺後臺。

「就是這裡了。」

「謝謝。」

小青藤似乎早已跟負責場控的店員提前說好了。

在門前，王松竹用手撥了撥他頭髮的兩側。他一頭蓬鬆的頭髮，被他拍了拍、撥了撥後恢復了空氣感，不會太塌。

我有點傻眼。

很久沒有看見他如此在意自己的外表了。正確來說，是在見一個女孩子前，特地梳理外表。

王松竹最後把大衣與襯衫的領子立好，聳聳肩，讓衣物更貼近肩線。

「柳透光。」

「嗯？」

「你不用太緊張。小青藤雖然訂閱數有十幾萬，是小有名氣，但跟我們年紀一樣，是個內心很溫暖的女生。」

「追逐夜星的白宣頻道訂閱數快五十萬了，我不知道你覺得我哪裡緊張啦。」

真的是，讓我忍不住嘴了一下。

王松竹不甚在意地笑了笑，推開門。

她的聲音先傳到了。

一如最近聽她唱的歌，是那特別的清新嗓音。

有溫度，卻不會太甜膩。

再來，映入我眼中的是單手拿著白紙，站在房間中央、不時輕輕搖擺的女孩子。她小聲地唱著哼著，屬於她創作的歌。

她的聲音真的很好聽。

剛剛看見外面灰濛的天空，一聽到她的歌就讓我心中浮現出雲隙光的畫面。

彷彿在這房間之中，雨過天晴。

小青藤的頭上戴了頂深綠色的畫家帽，蓋著耳下一點點的短髮。穿著能顯現她脫俗氣質的白色洋裝，腰帶同樣是白色系的，腳穿著銀灰色的厚跟鞋。

「小青藤，我們來了。」

「耶？」

聽到王松竹呼喚，小青藤旋過身，身影輕快如燕。

她正面看向我們，開心雀躍的表情立刻浮到臉上，她向我們走來。

「等你好久了，王松竹。」

「我們從高美濕地那裡過來的。」

「原來你們一起去那裡玩啊。」小青藤一直走到我們眼前才停下，她絲毫不掩飾好奇地看著我，問道：「至於這一位是……啊，你好。」

「他是……」

「我想起來了，這張臉這麼眼熟！」在王松竹介紹前，小青藤半摀著小嘴邊說：「你是常常跟白宣一起出去拍影片的男生，對吧！」

「對。」

我點點頭。

「唔，想不到今天能看見你。白宣頻道的粉絲都把你叫成墨跡，這件事你知道吧。白宣與墨跡，總是要一起出現。」

同時，又很需要彼此。

我伸出手，跟小青藤稍微握了握手。

「妳好，我叫做柳透光，是王松竹的同學與朋友，剛好我們本來就在臺中辦事，一聽到妳今天有線下演唱會，我就跟松竹一起過來了。」

「你也喜歡我的歌嗎？」

小青藤的雙眼輕眨。

清澈無比的雙眼，一刻也沒有離開地注視著我。

我實話實說道：「喜歡。」

「為什麼？」

「聲線很清新，清冷優雅的氣息很特別。聲音我是很喜歡，歌詞也很有意思。」我忍不住笑道：「這麼一說，我也算是妳的粉絲了。」

「詞可是我自己寫的喔。謝謝你。」

小青藤興奮地晃著我們交握的手。

真是一位情感真實的女孩，給我的最初印象和表現情感的方式簡直比白唯還坦率。

現在的時間約莫是下午四點，離開場的七點還有一小段時間。

我找了沙發坐下。

小青藤跟王松竹站在一塊聊了起來。小青藤還在對著稿哼著，松竹則站在她身邊。不時有歡笑、爭論。

我確定一件事，他們一定是很熟識的朋友。

「咖啡來了。」

藝文空間的工作人員，體貼地送來了三杯黑咖啡。

我喝了一口，聽見小青藤的聲音。

她不知不覺走到我坐著休息的前方，脫下帽子的她，露出一頭俐落的鮑伯頭短髮。她是非常適合短髮的女孩子。

「對了，我很好奇，你們到臺中，是為了找躲起來的白宣嗎？」

我端著咖啡杯，杯子差一點就脫手而出。

我不敢置信地盯著王松竹。

天啊王松竹，你不可能說出去了吧！不可能吧！關於白宣躲起來消失、我們踏上旅途追尋她的事！

王松竹動作微小地搖搖頭，暗示他絕對沒有。他看上去神色淡定，但我意識到，他對於小青藤為什麼這麼說，完全沒有頭緒。

「妳……」

「我的名字是小青藤。」

小青藤拉開我眼前的座位，形狀漂亮的五指將白色紙張平置於桌上，她的手指美得像是鋼琴家的手指一般。

坐下後，她前傾上半身，把頭靠在托起來的雙手上。

「柳透光，你不用看王松竹啦，不是他說的。」

「……嗯。」

「我只是用猜的而已。白宣實在太久沒有更新影片了，而且粉絲團，還有私人通訊軟體也都沒有讀，最合理的解釋——不，唯一的解釋就是她不見了。」

我沒有回應。

不同於王松竹能像是戴上面具一般隱藏內心。

我沒有那麼強的克制能力。

小青藤繼續說道：「如果白宣出意外或是生病，那你只要公開說明就好。但是，你又四處活蹦亂跳，表示白宣沒有出事，而你是知道內情的。」

「什麼內情？」

「一定要我說得這麼明白嗎？關於，白宣為什麼停止更新影片的內情。」

小青藤用清冷的聲音回答。

不同於她唱歌時的溫暖溫度，現在她的聲音給我的感覺，就彷彿一個人站在荒野上淋著細細的雨。

微微的冷，更多的是孤獨。

她是想要告訴我什麼事嗎？

小青藤早已摘下深綠色的畫家帽，瀏海底下的雙眸顯示出她很認真。

我不知道。

為什麼小青藤會突如其來展開這個話題。

她和白宣原本也認識嗎？

「看你的表情，我想我大概說對了。沒關係，我不會跟別人說的。白宣就這麼躲起來了，頻道直接擱置，難道是因為她不想繼續演了嗎？」

「……」

「白宣姐居然會這樣啊。唉。」

小青藤嘆了一口氣。

一層淡淡的哀傷與感同身受的同情，如淡妝一般染上了她的臉蛋。她的肩頭顫抖了一下，手指重新放上了那張寫有歌詞的白紙。

指頭輕劃。

歌聲輕唱。

可惜那首歌不是為了別人而唱的歌，而是為了宣洩心情而唱的歌。短短地唱了幾句，小青藤淡淡地問：「柳透光，我說我能理解白宣，你信嗎？」

「理解……」

「就連我也不知道該怎麼說吧。」小青藤用手撫摸著側臉，「像我們這種創作者，大家都叫我們 Youtuber，粉絲再多再多，真正能理解彼此的人其實還是只有其他創作者。」

「……」

「你能明白我的意思嗎？」

「不是完全懂。」

小青藤頓了頓，續道：「即使在『追逐夜星的白宣』那個 Youtube 頻道，雖然你也常常出現……但那是白宣的創作，是以白宣為主體、承載白宣夢想的地方。也因為這樣，你不是真正的創作者，無法理解她的憂鬱。」

我愣住了。

什麼！

心跳忽然加快。

我忍不住直起身子，飛快地深入思忖她的話語。感覺小青藤說出了我一直沒有注意到的事。

構成白宣的一大部分是 Youtuber，而我一直以來都不是真正去創作的 Youtuber，只是協助白宣、跟她一起登場的人。

「這個想法我從來沒有想到過。謝謝妳，小青藤。」

這觀點真的讓我眼睛一亮。

小青藤，這種和我們年紀相仿的 Youtuber，是與我們最貼近的人了。

白宣在故事的最一開始就消失了，從未與她對話、從未與她溝通的我，當然只能去猜測她的內心。

不是真正的創作者、不是真正Youtuber的我，又怎麼能走進白宣的心中？

我站起身，尋求答案似地問道：「那小青藤，妳覺得白宣為什麼消失了？」

「你真的要問我嗎？」

「……」

小青藤輕笑出聲，明快地說道：「不行。這問題的答案，你必須自己找到。那才有意義。」

「好吧。」

我無奈地跌回椅子上。

也是吶，那也是我之所以踏上尋找白宣的旅途的意義。透過這一趟旅行，漫長遙遠地探索後，走近白宣。

「好了，不要再討論白宣了。」

王松竹像是收尾一般在我與小青藤的座位旁出現，並拉開我們之間的座位坐下。我不由得心想，小青藤今天說出這些話，跟他真的都沒有關係嗎？

會不會這也是松竹幫助我的方法之一？

也罷。

結果或許是好事。

小青藤聽話地點點頭，隨性又充滿空氣感的鮑伯短髮，髮尾輕晃。

我默默地拿起咖啡杯。

能聽到小青藤今天說的想法，真的是意外的收穫。

王松竹看著白紙說：「小青藤，今天妳打算要唱什麼歌啊？」

「〈在他不在的世界裡追尋〉、〈空殼〉、〈迷途之羊〉……啊，既然都聽到白宣的事了，連柳透光也在這裡。」小青藤想了想後，用手點點我的肩膀。

「嗯？」

「我多唱一首歌，給你跟白宣。」

「咦？特地為我們唱的啊，謝謝。」

能聽到她特地為我們唱的歌，也是很幸福的事了。

我非常期待。

「白宣的名字我當然不會特地說出來，不過你我就會說出來了。這首歌，唱給追逐夜星的白宣頻道裡的那個男生，他今天也在現場……這樣！」

小青藤神采飛揚。

「可以、這樣當然可以。」

要是白宣也在場的話，她會透過她的粉絲團跟 Youtube 頻道，去實況小青藤的現場演唱會吧。

「演唱會結束後，松竹你馬上要回臺北了嗎？」

「應該還可以在臺中待幾天，寒假這幾天我都沒有事啦。」之後的時間王松竹繼續跟小青藤閒聊，直到夜晚降臨。

約六點左右，小青藤緩緩起身。

她沒有再拿起桌上寫有歌詞的白紙，只是一般般地站起身，像是切換開關似地，眼神充滿幹勁。

還有一點緊張。

「時間差不多了，我要換衣服，準備了。」

「對吼，也快七點了。」

「你們先進場吧，晚點見。」

「加油。」

我與王松竹離開了舞臺後方，走向排隊處的店門口。

小青藤的演唱，一個小時後開始。

走到店門口。

我們看見為了小青藤而聚集起來的人龍。粉絲們的情緒很高昂，無不期待現場聽到小青藤的歌與看到她本人。

我抬頭看了一眼天空，鐵灰色、雲層厚重，看起來隨時都可能下雨。

王松竹神色淡然地望著我。

「你幹嘛？」

「透光，剛才小青藤為什麼說那些話，我不知道。跟我沒有關係。」

「嗯，我知道。」

但那真的是小青藤的突發奇想嗎？

如果不是，那是什麼？

「你知道就好。然後，等一下你想到最前面的搖滾區嗎？我是想站到最前面去，因為中間小青藤會找我上舞臺。」

「好啊，你去吧。我是沒有特別想到前面去啦。」

我老實地回應松竹。

最前面的搖滾區，還是保留給小青藤的鐵粉吧。

我們走到隊伍尾端排起隊。幾分鐘後，店員開始將排隊的人潮導入小青藤預定表演的展演空間。

我們跟著人群移動。

趁著這個時機，我臨時問道：「是說，王松竹，小青藤跟白宣認識嗎？」

「我沒聽說過欸，需要我幫你去問問其他人嗎？」

「感覺她們可能認識。」

「我是沒有聽小青藤說過。」王松竹露出思索的模樣，「你的意思是小青藤說不定和白宣是熟識的朋友？」

「……」我默默地點頭。

白宣會有比我更熟的朋友嗎？

其實我只是不敢確認這件事而已。

不管是不是很好的朋友，小青藤似乎很瞭解白宣。

有個想法在我心中慢慢成形。

「好啦，柳透光，別再想了。現在，聽小青藤唱歌吧？」

「嗯，好。」

我點點頭，回應著略顯擔心的王松竹。

我們走進演唱會現場。

藝文展演空間裡，空調控制著場內的溫度，空氣乾燥、溫度偏冷。燈光很暗，連最前方的舞臺也是。

會場的容量是兩百多人，在入場前我注意到牆壁上寫著建議入場人數。

小青藤還沒有出現。

她的粉絲已經擠爆場地。

男女生都有，年齡看起來多數都是國高中生，與少部分大學生。這和Youtube的主要使用族群相仿。

我站在離舞臺有一段距離的位置，能完整地看見整個舞臺與小青藤。

王松竹正穿越層層人群走向舞臺前方。

身高頗高、身形顯眼的他，在人群之中還是非常突兀。為了參與這場演唱會，為了小青藤，他也是付出了許多。

「小青藤還沒出來啊？」

「還沒。」

身邊的人都很期待小青藤的現身。我靠在最後方的牆壁上，注視著光線聚焦的舞臺，片刻後燈光漸漸加亮。

要來了嗎？要出現了嗎？

終於，橘黃色的燈光點亮了舞臺，徹底吸引大家的注意。原先的喧譁聲與吵鬧聲，漸漸消失。

直到悄然無聲的等待到達最高峰。

「謝謝大家今天為了我而來到這裡。」

小青藤的聲音在會場裡響起。

乾淨得不可思議的聲線，在舞臺上描繪出一片綠草如茵的景色。

一句話點燃了現場，粉絲們爆發歡呼聲。

穿著具有秋天氣氛的青綠色花瓣紋上衣，與米色格紋短裙的小青藤，別著耳機麥克風從簾幕後方走出來。

她從幕後輕快地走向舞臺中心，邊露出微笑與粉絲打招呼。

那是很有活力的笑容，如同春天一般。

她穿著休閒風的尖頭低跟包鞋，顏色素雅清淡。

別著的耳機麥克風正好隱藏在她的鮑伯頭短髮裡，輕盈的髮絲搖曳直到她的腳步停止，襯托她一人的燈光聚焦。

淡淡的青色光芒在舞臺上反射，小青藤看上去光彩耀人。那件花瓣紋上衣，很適合小青藤的名字。

「今天能看到這麼多人，我很開心。」

小青藤說完，用雙手遮住掩飾不住喜悅的臉蛋。

臉紅了是吧？

在正式開始演唱前，小青藤安排了一些跟粉絲互動的小遊戲。畢竟這是她第一次的線下見面會，被抽到的幸運兒引起全場的嘘聲。

我忍不住微笑。

這裡大部分都是小青藤的忠實粉絲，真正為了她而來的那種鐵粉。

能跟喜歡的 Youtuber 近距離接觸，他們都很開心。

小青藤不僅對現場的粉絲數量非常滿意，也很詫異他們的熱情，不時用手遮起向上彎起的嘴唇與眼角，模樣十分可愛。

差一點沒有手舞足蹈。

我忽然意識到，如預料之中，我沒有小青藤的鐵粉那般強烈的情緒。

早有自知之明的我靠在入口旁的牆壁。

手插在口袋中，因白宣給我的信正放在口袋裡。我捏著信紙，目光望著在舞臺上與粉絲閒話家常的小青藤。

愉快地與粉絲互動、玩起小遊戲的小青藤，也是在演戲嗎？

大家都在演嗎？

「不是吧。」

我呢喃著。

這點微不足道的否定，被淹沒在吵雜的人聲之中。

白宣，一定不是在演。

我不知道小青藤是不是在演、是不是戴上了一個連自己都陌生的面具。又或者，她只是率性地做自己想做的事。

同時享受其中。

——難道她已經不想演了嗎？

小青藤在舞臺後方與我的對話，在我心頭徘徊不散。

那些話聽似瞭解白宣、明白那些旁人難以觸及的憂鬱。

真的嗎？

真的有人比我更靠近白宣嗎？更能理解白宣的內心究竟在想什麼嗎？還是只是我不願意承認這點而已？

我一直在尋找閱讀那封信的時機。

現在是時候了。

小青藤還沒開始唱歌，雖然我不斷聽到她清脆的聲音。

互動遊戲看來快要結束了。

「好吧。」來看吧。

我發現自己的手，正微微顫抖。

要是白唯站在這裡看到的話，她一定會盯著我、不高興地說道：「柳透光，看個信而已，又要難過到要死不活的程度了嗎？」

「……」

可是，白唯不在這裡。我無力地打開了那封信。

致透光兒：

最近我常常這樣想，如果有人可以在這樣的旅行中找到我，大概也只有你了吧。只不過，一路旅行到這裡你可能猜到一件事。

你記得嗎？

我們是高一剛開學時，在圖書館裡認識。

你常常在四樓看書、吹冷氣，我在桌上做 Youtube 影片。有一天，你看到我的影片後來跟我搭話，我很開心。

因為，你是第一個看到我影片的同學。

我本來覺得你是個笨蛋男生，但想不到，你的建議對我的影片很有用。而且人也很好相處，是可以一起打發時間的朋友。

那天以後我們越來越熟了，我們一起做的 Youtube 頻道也變紅了。

紅得超乎我的想像。

最近，我常常在思考一件事。

看著影片閱覽數超過好幾十萬、甚至一兩百萬，在那麼多人眼中四處旅行的我；能跟當地居民熱情聊天、總露出燦爛笑容的我。

真的是我嗎？

我自己看到，都很迷茫。

吶，透光，每次我這麼想，就好想從大家眼前消失。慢慢地，越來越不敢去做 Youtube 影片。

我可能得重新認識自己。

好想、好想重新認識大家眼中的我。那個白宣，到底是怎麼樣的人吶？

白宣

署名處毫無疑問是白宣那清秀的字跡。

「就這樣嗎？」

我把信紙翻到另外一面，空白。

內容就是這些。讀完了，意外地我的心情沒有太大起伏。

說不上沉重，但也稱不上愉快。

可能是我的防備心太重了，這封信的內容，沒有新的轉折或是意外之處。

這是白宣的告白信。

關於她身為 Youtuber 白宣的獨白信。

最真實也最平凡、最發自內心也最普通的一段獨白。

我說不出什麼話，她說的都是我跟她一起經歷過，但感受不一定相同的事。

我只能保持沉默，慢慢地折起信，把信放回口袋裡。

每一個動作都小心翼翼。

「重新認識自己？」

我好奇地反問自己。

為什麼人需要重新認識自己？

這是白宣之所以要我去尋找她的理由嗎?透過我去追尋她的旅途，重新瞭解她在大家眼中的形象嗎？

「是這樣嗎？」

我反覆思忖。

另一方面，我也感受到白宣想要切斷與現實的聯繫。

要是白宣跨不過這道檻，她真的有可能會從大家眼前消失。

要是這個寒假我沒有找到她，無法讓她在這趟旅行中有所收穫，她或許會放棄繼續當追逐夜星的白宣。

不再作為一個Youtuber。

放棄她的成就，拋棄許多人努力多年也追尋不到的東西。

「但是啊。」

我心裡非常確定一件事。

那些東西，不管在旁人眼裡再怎麼重要，相比已經憂鬱、脆弱到躲起來的白宣，一點都不重要。

我嘆了口氣，放鬆雙眼，視線順著閃亮光輝望去。躁動的舞臺前方，把我忽地拉回現實。

小青藤已然高歌。

在舞臺燈光照耀之下，沐浴在白色光芒之下的小青藤，竟然給我一種脫俗的美感。

她高聲說道：「這一首歌，獻給總是在尋找著什麼的你——〈在他不在的世界裡追尋〉。」

那年夏天，我們站在海岸上看著藍天。

水天一色，我們用美好的回憶當作沙子蓋起那座城堡。

城堡裡有我們珍藏的時光。

過了好久，不知道海浪是否淘空了我們一起你還在時的過往。

今年冬天，我再次看見那片藍天，只可惜布滿了白雲。

這一次我形單影隻，身邊沒有人與我結伴同行。

在山稜線上的蜿蜒古道，眼前從來沒有出現那道熟悉的背影。

這麼長的道路，卻只有我一個人。
這麼大的山中，還只有我一個人。
放眼望去，這條路上的行人是不是都習慣了一個人。

數不盡的春夏秋冬，從立春雨水到冬至大寒。
稻田上的稻穗迎風低垂，遠方風車隨風流轉，附近池塘水面粼光閃閃。
我們一起走過的田間阡陌，筆繪了一幅美麗的青梅童年。
如果我們能再一起回到故地，我們就能親眼看看。
那個地方的色彩斑斕。

小青藤透散著寂寞的清冷聲音，從舞臺上流洩而出。
書寫思念的音符、孤單一人的旋律，在展演空間裡自然地讓大家陷入沉默。
就連溫度彷彿也下降了。
小青藤充滿感情地唱完這首歌。
她的眼眶在曲終前甚至有點泛紅，但沒有真的流下眼淚。
微微地哽咽。
過程中毫無失誤，唱出來的歌就像是魔法，輕易讓人沉迷其中。感情放得非常深。

她不僅是很有實力的歌手，還是很有煽動性的Youtuber。

唱到最後小青藤的聲音漸漸放緩、變得小聲，收止在一個大家已經被帶起寂寞、懷舊情緒的地方。

——休止。

全場陷入寂靜。

幾秒後，意識到自己完成演唱的小青藤雙手合十在胸前，像是祈禱似地向舞臺下的觀眾們低語了幾句話。

大概是感謝的言詞吧。

我拍起手。

開始有越來越多人拍起手、交頭接耳起來。

這呼喚起依然沉浸在小青藤的歌聲描述的那個世界裡的粉絲。到了這裡，多數從陶醉狀態恢復的鐵粉們才慢了一拍大力鼓起掌。

現場躁動。

我有點震驚。

剛才大家都入戲太深了是吧！

「謝謝大家。」

小青藤在舞臺上稍微轉了身，側臉面對著臺下粉絲，燈光稍稍轉暗。一位工作人員走上舞臺，跟她交頭接耳。

這可能是想平復小青藤的心情。

畢竟每一首歌所需要投入的感情不一樣，不能太沉溺於上一首歌的情緒裡。

粉絲的聲音慢慢變小。

舞臺上的燈光再次點亮。

重新整頓的小青藤，迎著光輝站得筆直。無瑕的臉孔、白嫩的肌膚、清新的氣質，看上去美得無法比喻。

她真摯地說道：「接下來這一首歌，唱給所有心中有夢的人，懷有非實現不可夢想的人。也特別唱給跟我一樣是Youtuber的『追逐夜星的白宣』，白宣與墨跡二人組——今天墨跡也在現場。」

聽到這裡我直接傻眼。

立刻就有粉絲開始左右看人認人。

小青藤居然還真的說了！

好險我躲在出入口旁邊，萬一出了什麼事我還可以轉身就跑。我想了幾秒有沒有什麼可以遮住臉的東西，但那樣又太欲蓋彌彰了。

我只能把連帽外套的帽子戴起。

所幸粉絲間的找人行動只維持了幾秒，小青藤開始唱歌後，馬上就停止了。

「這首歌的名字是──〈夜星〉。」

長大以後的某一天，我已經在追逐夜星的路上。
夜星一直在遙不可及的天上閃亮。
一回神，夜色黑暗得吞噬眼前的景色，連腳下的道路都變得一片迷茫。
但我依然在跑。
因為我不知道要做什麼才能開始飛。
就算伸手觸碰不到，這趟旅程注定孤單──我依然在走。

所有我認識的人都和我說，你不可以邊看夜星邊走夜路。
那會讓自己不意間走進層層迷霧。
走在夜路，我心有感觸。
有人就像是失去能量的火箭，在飛向夜星的旅途漸漸失速，最後墜落在無人知曉的海洋某處。

我也會害怕、我也會寂寞。

更擔心哪一天失去能量，在上升的過程中失速，在無盡漩渦裡墜落。
我能明白，但從來不說破。
我能體會為什麼他們的速度會越來越緩。
走了越久、跑了越久，人們越發現夜星難以觸摸。
我們又怎麼能像最初的時光，毫無迷惑。

有人停滯、有人不前，有人乾脆漸漸從夜路中不捨地抽離。
不論初心還能不能想起。
如果真的想看看那數不盡的璀璨星光，若真想觸碰那珍貴夜星，我們就該繼續尋覓。
邊看著夜星，邊走著夜路。
我始終不曾飛離。
正因為我就像是一副空殼，所以我才這麼這麼沉溺。

小青藤的歌聲染上了月光，在夜晚的展演空間裡灑落琉璃般的光芒。清幽的聲音，訴說深藏已久的心事。
那股氣質，美得讓人願意拜倒在她的身前。

清新的音樂、夜裡的涼意、歌詞的意境。

我腦海裡那股揮之不去的複雜情緒，連同白宣那總是帶有憂鬱與神祕的臉蛋，一起占據了我心中的空間。

白宣的臉蛋，在她消失以後，第一次如此鮮明地出現在我的心裡。

夜星。

追逐夜星的白宣。

——就連我也不知道夜星的意思是什麼。

而小青藤的歌，她對於夜星是有所想法、有所答案。她認不認識白宣，與白宣的關係也不重要了。

表定的歌曲唱完，安可的呼喚響起。

站在門邊的我搔搔頭，決定暫時離開陷入瘋狂的空間。我獨自一人離開展演會場，走到空曠的店外。

這城市正下著滂沱大雨。

這也是我踏上尋找白宣的旅行後，第一次下雨。

冬雨。

說不定是今年冬天的最後一場雨。

豆大的雨點順著狂風吹灑在街道上，滴答聲連綿不絕。暴雨形成了一道誇張的雨幕，光是看到都會走神。

怦然心跳，我不自覺地笑了，那首歌居然在我心中引起了回韻。

小青藤清冷的歌聲，如雨水般降在我荒野一般的內心。

——《迷途之羊01》完

Afterword

後記

午安：

一個作者寫一本書，很像是勇者在闖迷宮，要走出迷宮不容易。

這座迷宮裡會出現的怪物，有編輯，讀者的想法、作者對市場的看法、作者自己的猶豫、七大罪「怠惰」等等。

其中編輯血多皮厚最麻煩，怠惰比較像是給予負面狀態的小怪，除此之外，還有很多難以想像的小怪。

野生的改稿出現了，使用了：「這段有夠假掰，不要這麼假掰可以嗎？」

在混吃身上產生了負面狀態：「這樣改還是我想寫的東西嗎？」

編輯出現了，使用了：「截止日我已經說了喔，不要再拖了！」

混吃使用了：「Easy，看不見，難度。」

成功沉默了編輯一星期。

怠惰出現了，使用了：「混吃，三缺一。」

混吃使用了：「+1。」

編輯進入森77模式，使用了：「幹進度勒！」
混吃使用了：「沒有回應。」
接著、接著，也就真的沒有混吃的回應了，被炎爆爆擊了。
以上類似在迷宮中的冒險過程。

相較於前一個系列作《午安，請問要點一隻偵探嗎？》，這次的迷宮走得更久，久到我中途都覺得崩潰，裝備殘破、瀕臨殘血，武器都要維修了。
但還沒有走完啊，還是要繼續走。
最後終於走完了，踏出迷宮迎接曙光的那一剎那，我都忘了自己怎麼走出來的了。咦？我真的走出來了嗎？還是只是仍在迷宮中的我的幻想而已？
總之，混吃最終走出了迷宮，回到村莊裡的家中，看見了混吃妹放在桌上的蛋糕，這個冒險也到此告一段落了。

要是寫到上面就結束了，我就沒有寫到一連串的謝詞了。
補一句：「據後來闖出迷宮的其他冒險者說，說不定是某個怪物、某個冒險者，一起支援了混吃闖出迷宮。」
這次的故事是身為創作者的Youtuber，在創作的過程中陷入迷茫的故事。身為創作者的她，與平常時的她，所面臨的矛盾、衝突。

對下一個迷宮我只有一句話想說：「求Carry！」

在巴哈姆特與FB都可以找到微混吃等死，追蹤一波，好ㄇ？

混吃

高寶書版集團
gobooks.com.tw

輕世代 FW266
迷途之羊01

作　　者　微混吃等死
繪　　者　手刀葉
編　　輯　林紓平
校　　對　任芸慧、林思妤
美術編輯　彭裕芳
排　　版　彭立瑋
企　　劃　方慧娟

發 行 人　朱凱蕾
出　　版　三日月書版股份有限公司
　　　　　Printed in Taiwan
地　　址　臺北市內湖區洲子街88號3樓
網　　址　www.gobooks.com.tw
電　　話　(02) 27992788
電　　郵　readers@gobooks.com.tw（讀者服務部）
　　　　　pr@gobooks.com.tw（公關諮詢部）
傳　　真　出版部　(02) 27990909　行銷部 (02) 27993088
郵政劃撥　50404557
戶　　名　三日月書版股份有限公司
發　　行　英屬維京群島商高寶國際有限公司台灣分公司
　　　　　Global Group Holdings, Ltd.
初版日期　2018年 3 月
十二刷日期　2021年 4 月

國家圖書館出版品預行編目(CIP)資料

迷途之羊 / 微混吃等死著.-- 初版. -- 臺北市：三日月書版股份有限公司出版：英屬維京群島高寶國際有限公司臺灣分公司發行, 2018.03-
面；　公分. --

ISBN 978-986-361-456-2(第1冊：平裝)

857.7　　106017048

三日月書版

三日月書版

GOBOOKS
& SITAK
GROUP©